붕정대연가

붕정대연가(鵬程大戀歌) 2

임영기 新무협 판타지 소설

초판 1쇄 찍은 날 § 2022년 7월 15일
초판 1쇄 펴낸 날 § 2022년 7월 22일

지은이 § 임영기
펴낸이 § 서경석

총괄팀장 § 황창선
편집책임 § 김우진
디자인 § 스튜디오 이너스

펴낸곳 § 도서출판 청어람
등록번호 § 제387-1999-000006호
등록일자 § 1999. 5. 31
어람번호 § 제2-2911호

본사 § 경기도 부천시 부일로 483번길 40 서경B/D 3F (우) 14640
편집부 § 서울시 구로구 디지털로 272 한신IT타워 404호 (우) 08389
전화 § 02-6956-0531 팩스 § 02-6956-0532
http://www.chungeoram.com
E-mail § chungeorambook@daum.net

ISBN 979-11-04-92450-7 04810
ISBN 979-11-04-92299-2 (세트)

도서출판 청어람

20

임영기 新무협 판타지 소설
Cover illust A4

붕정대연가

FANTASTIC ORIENTAL HEROES

붕정대연가

목차

第二百三章 금혈마황의 출현 ·· 7

第二百四章 장악하기 ·· 33

第二百五章 일대격전 ·· 57

第二百六章 피에 젖은 초원 ·· 93

第二百七章 옥군! ·· 119

第二百八章 대전(大戰) ·· 145

第二百九章 해후 ·· 171

第二百十章 양보 없는 사랑 ·· 229

第二百十一章 폭풍전야 ·· 255

第二百三章

금혈마황의 출현

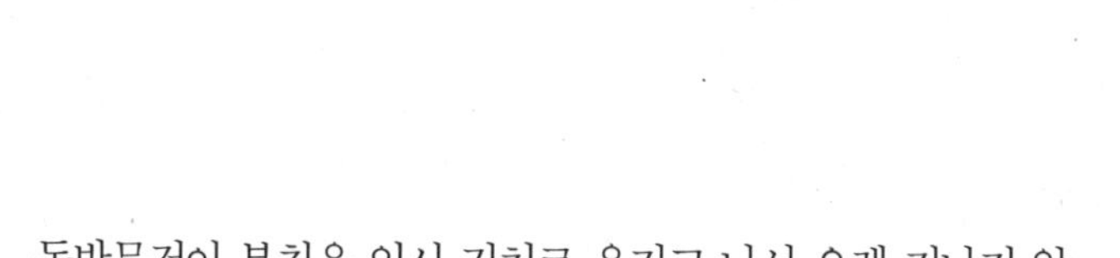

동방무건이 부친을 임시 거처로 옮기고 나서 오래 지나지 않았을 때 누군가의 전음이 들려왔다.

[건아, 대답하지 말고 듣기만 해라.]

'아……! 사조님……!'

동방무건은 목소리의 주인이 사조라는 사실을 알고 소스라치게 놀랐다.

동방무건이 사조라고 부를 수 있는 사람은 모친 연보진의 사부 즉, 금혈마황 철염뿐이다.

전혀 생각하지도 않았던 그가 느닷없이 동방무건에게 전음을 보낸 것이다.

동방무건이 놀라움에서 미처 벗어나기도 전에 금혈마황의 전음이 이어졌다.

[나는 이곳에 온 지 채 반시진도 되지 않았기 때문에 검황천문이 어떤 상황인지 구체적으로 모르고 있다. 영웅문이 이런 것이냐?]

금혈마황은 잠시 어딜 갔다가 검황천문에 돌아와서 상황이 급변한 것을 보고 한 바퀴 대충 둘러보고는 영웅문이 검황천문을 장악했다는 사실을 알게 된 모양이었다.

동방무건은 어디선가 금혈마황이 자신을 보고 있다고 생각하여 보일 듯 말 듯 작게 고개를 끄떡였다.

그러면서 금혈마황이 어디에 있나 싶어서 실내를 두리번거렸으나 찾을 수가 없었다.

[진천룡도 이곳에 있느냐?]

금혈마황은 진천룡을 못 본 모양이다. 그가 이 전각 안에 있다는 사실을 알면 어떤 반응을 보일까?

동방무건은 가볍게 고개를 끄떡이고 나서 침상에 누워 있는 부친을 쳐다보았다.

동방장천은 눈을 감은 채 미동조차 하지 않고 있다. 그가 사부인 금혈마황이 왔다는 사실을 알면 어떤 반응을 보일지 동방무건은 대충 짐작할 수 있었다.

움직이지도 못하는 신세가 된 부친이 금혈마황이 돌아왔다 해서 또다시 새로운 희망을 품게 되는 것을 동방무건은 원하지 않았다.

동방무건은 금혈마황이 나서지 말기를 원했다. 검황천문은 이미 끝났거늘 또다시 평지풍파를 일으켜서 좋을 게 없다는 생각이다.

그렇지만 동방무건의 그런 심정을 금혈마황에게 전할 수가 없다는 것이 안타까웠다.

동방무건은 진천룡이 이곳에 있느냐는 금혈마황의 물음에 가볍게 고개를 끄떡였다.

그는 금혈마황에게 뭐라고 말을 했으면 좋겠는데 어디에 있는지조차 모르는 상황에서는 불가능한 일이다.

그러고는 금혈마황의 전음은 더 이상 들리지 않았다. 동방무건은 일 각 이상 기다리다가 전음이 들리지 않자 서둘러서 밖으로 나왔다.

방문 밖에서 급히 사방을 둘러봤으나 금혈마황은커녕 이상한 점은 하나도 발견하지 못했다.

그래서 그는 뒤늦이 걸음을 빠르게 하여 검황천각 밖으로 나와서 주위를 둘러보았으나 금혈마황을 찾지 못하기는 마찬가지였다.

그 와중에 그는 한 가지 사실을 깨달았다. 바로 아무도 자신을 눈여겨보는 사람이 없다는 것이었다.

그는 검황천문 태문주의 장남이며 후계자인만큼 비록 영웅문주에게 충성하기로 맹세했다고는 하지만 아직 온전히 믿을 수 있는 사람이 아니었다.

그런데도 그를 신경 쓰는 사람은 아무도 없었다. 동방무건은 다시 주변을 둘러보았으나 눈에 띄는 영웅문 고수들은 제 할 일을 하기 바쁘기만 했다.

'이건 뭐지?'

그의 상식으로는 도저히 이해가 되지 않았다. 그가 만약 진천룡이라면 어제까지만 해도 적의 핵심 중 한 명이었던 그를 이런 식으로 내버려 두진 않을 것이다.

금혈마황은 검황천문 내에서 쥐도 새도 모르게 고수 한 명을 제압해서 납치하는 데 성공했다.

그는 검황천문에서 수백 장 떨어진 강변에 이르러서 안고 있는 고수를 내려놓고 혈도를 풀어주었다.

고수는 비틀거리다가 금혈마황을 보더니 즉시 그 자리에 무릎을 꿇고 고개를 조아렸다.

"태사부를 뵈옵니다."

금혈마황은 근엄하게 말했다.

"너는 누구냐?"

"묵룡 소속입니다."

금혈마황은 눈살을 찌푸렸다.

"그게 무엇이냐?"

검황천문 내의 비밀조직인 묵룡을 알고 있는 사람은 조직을 만든 태문주 동방장천 혼자뿐이었다.

그러나 영웅문에 의해서 파헤쳐지면서 지금은 여러 명이 알게 되었다.

묵룡 소속의 고수 즉, 묵룡고수는 이마를 모래에 파묻으며 공손히 아뢰었다.

"태문주께서 검황천문이 위기에 처할 때를 대비하여 직접 조직하신 비밀조직입니다."

"그래?"

금혈마황은 눈을 조금 크게 뜨면서 반색했다. 조금 전에 동방장천이 반송장이 되어 침상에 누워 있는 모습을 봤을 때는 모든 것이 끝났다고 크게 절망했었는데 이제야 서광이 비추는 것 같았다.

"일어나라."

기분이 좋아진 금혈마황은 손수 고수의 양어깨를 잡고 일으켰다.

"일어나서 네가 알고 있는 것들을 다 얘기해 봐라."

묵룡고수의 설명을 처음부터 끝까지 다 듣고 난 금혈마황은 기분이 매우 흡족해졌다.

"그렇다는 말이지?"

묵룡고수의 말에 의하면 검황천문을 장악한 영웅문 고수의 수는 약 팔천 정도라고 한다.

그런데 항주 영웅문을 공격하러 가다가 회군한 검황천문을 비롯한 마중천, 요천사계 고수의 수는 삼만이고, 동량포구에 매복했다가 검황천문으로 돌아오는 고수의 수는 오천이라는 것이다.

금혈마황의 입이 벌어지며 득의한 웃음이 흘러나왔다.

"흐흐흐… 영웅문 놈들, 한 놈도 남기지 않고 깡그리 죽여 버리겠다."

진천룡은 간밤에 술을 많이 마시지 않았으나 오랜 여행에서 쌓인 여독이 풀리지 않았던 상태라서 꽤 취한 상태로 잠자리에 들었었다.

종초홍과 소정원은 더 늦게까지 진천룡과 술을 마시며 화기애애하게 함께 있고 싶었으나 진천룡이 일찍 자는 바람에 그녀들도 서둘러 술자리를 파했었다.

종초홍과 소정원은 진천룡이 혼자 자는지 아니면 누구와 같이 자는지 촉각을 곤두세웠다.

그런데 결국 진천룡은 부옥령의 부축을 받으면서 그녀와 같이 잠자리에 들었다.

그때 그녀들은 처음 알게 되었다. 진천룡과 부옥령은 같이 자는 진짜 연인 사이라는 것을 말이다.

동이 트기도 전에 일찍 깨어난 소정원은 자던 방에서 나와 진천룡과 부옥령이 잠든 방문 앞을 기웃거렸다.

그때 종초홍이 그 모습을 발견하고 쪼르르 다가왔다.

"얘, 너 뭐 하니?"

종초홍은 소정원의 원래 모습을 본 적이 없어 진짜 나이를 몰라 자신과 또래일 것이라고 짐작하고 거리낌 없이 반말을 했다.

그러나 소정원은 화가 나지 않고 오히려 기분이 좋았다. 십칠 세인 종초홍에게 같은 또래 취급을 받았기 때문이다. 그래서 배시시 웃으며 대답했다.

"주인님께서 일어나셨는지 보려는 거야."

종초홍은 환하게 웃으며 소정원 곁에 다가오더니 문을 벌컥 열었다.

"그럼 들어가지 뭐 하고 있는 거야?"

두 여자는 침상에 진천룡과 부옥령이 이불을 덮은 채 곤하게 잠들어 있는 모습을 보고 가까이 다가갔다.

진천룡과 부옥령은 두 여자가 떠드는 소리를 듣고 방에 들어온 것을 알고 있지만 귀찮아서 자는 체하고 있었다.

그런데 종초홍이 침상으로 다가가더니 거침없이 이불을 확 걷어버리는 것이 아닌가.

확!

"어서 일어나세요!"

"앗!"

"아……."

종초홍과 소정원은 눈앞에 벌어진 광경에 소스라치게 놀라서 그 자리에 굳어버렸다.

이불이 걷어진 침상에는 나신의 두 사람이 서로 꼭 부둥켜안은 채 잠들어 있었다.

"아아……."

종초홍은 놀라서 몸을 돌려 밖으로 달려 나가고, 소정원은 놀란 가슴을 진정시키면서 진천룡과 부옥령에게 이불을 덮어준 후에 밖으로 나갔다.

조금 전에 깨어난 진천룡은 눈을 감은 채 부옥령 가슴에 얼굴을 묻었다.

"우웅… 아침이구나……."

*　　　*　　　*

아침 식사를 하는 자리에서 보고를 받은 진천룡과 부옥령은 놀란 표정을 지었다.

"어떻게 된 거지?"

"서찰을 받지 못한 것인가?"

어제, 묵룡의 우두머리인 검천사자총령 조방훈은 직접 서찰을 작성해서 검황천문으로 돌아오고 있는 두 세력에게 전서구로 보냈었다.

검황천문 내에 작은 문제가 있었으나 다 해결되었으니까 그냥 돌아오면 된다는 내용이었다.

그런데 조금 전에 진천룡과 부옥령이 받은 보고는 그것과는 사뭇 다른 내용이었다.

영웅문으로 향했다가 회군한 검황천문 삼만 명과 동량포구에서 돌아오는 검황천문 오천 명은 영웅고수들이 매의 눈으로 감시를 하고 있는 중이었다.

그런데 그들이 보낸 전서구의 내용에 의하면 그들 두 세력 삼만오천여 명이 검황천문에서 이십여 리 떨어진 지점에 모여서 움직이지 않고 멈췄다는 것이다.

진천룡은 미간을 찌푸리며 중얼거렸다.

"어째서 두 세력이 모여서 멈춘 것이지?"

부옥령이 침착한 얼굴로 진천룡에게 말했다.

"그들은 검황천문이 우리에게 장악됐다는 사실을 모르고 있어야 해요."

"그렇지. 그런데 둘이 모여서 멈췄다는 것은 이곳 사정을 알게 됐다는 게 아닌가?"

"그럴 가능성이 커요."

진천룡을 비롯한 측근들이 머리를 싸매고 끙끙거리기를 일각여, 답이 나오지 않자 진천룡이 입을 열었다.

"조방훈을 불러라."

그러고는 갑자기 묵룡의 우두머리 검천사자총령을 부르라고 했다.

잠시 후에 조방훈이 달려 들어오는 것을 보면서 진천룡이 물었다.

"묵룡에 빠진 인원이 있나?"

"그걸 어떻게 아셨습니까?"

진천룡을 비롯한 측근들은 그제야 일이 어떻게 된 것인지 깨달았다.

진천룡은 다그쳐 물었다.

"누가 빠졌느냐?"

"염평(廉平)이라는 자인데 어젯밤부터 보이지 않습니다. 아무래도 도주한 것 같습니다."

진천룡은 이맛살을 찌푸리며 중얼거렸다.

"도주가 아니다."

"네? 그게 무슨……."

부옥령이 조방훈에게 싸늘하게 말했다.

"검황천문으로 회군하던 두 세력에게 변화가 생겼다. 만약 염평이라는 자를 네가 내보낸 것이라면 실토하는 것이 좋다."

조방훈의 얼굴이 크게 변했다.

"아닙니다……! 염평은 그냥 사라진 것이지 제가 내보내지 않았습니다."

"그렇다면 염평이 단독으로 두 세력을 만나서 삼만오천 명이나 되는 고수들을 멈추게 했다는 것이냐? 그게 말이 된다고 생각하느냐?"

"그것은……."

진천룡이 조방훈을 주시하며 말했다.

"조방훈, 가까이 와라."

조방훈은 사색이 됐으나 망설이지 않고 진천룡에게 걸어가서 일 장 거리 앞에서 멈추었다.

진천룡은 아무 말도 하지 않고 조방훈을 묵묵히 주시했다.

조방훈은 오금이 저렸으나 그의 시선을 피하지 않고 마주 쳐다보았다.

잠시 후에 진천룡은 가볍게 고개를 끄떡이며 말했다.

"이자는 거짓말을 하지 않았다. 그렇다면 다른 인물이 두 세력을 통제하고 있는 것이다."

"다른 인물이라니……."

진천룡의 정확한 지적에 부옥령을 비롯한 측근들은 적잖이 놀라서 중얼거렸다.

진천룡이 조방훈에게 물었다.

"생각나는 인물이 없느냐?"

조방훈은 골똘히 생각하다가 고개를 가로저었다.

"없습니다."

조방훈은 다시 말했다.

"삼만오천여 명을 움직일 수 있으려면 본문의 서열 십 위 안에 꼽히는 지위여야 합니다."

"서열 십 위라……."

진천룡은 중얼거리다가 허리를 쭉 폈다.

"동방무건을 불러와라."

동방무건이라면 무언가 알고 있을지도 모른다고 생각한 것이다.

영웅호위대 고수가 동방무건을 부르러 간 사이에도 진천룡과 측근들은 그럴 만한 서열 십 위권의 인물을 생각하느라 침묵을 지키고 있었다.

"혹시……."

부옥령이 조심스럽게 입을 열었다.

"동방장천의 부인 연보진이나 태공자가 아닐까요?"

진천룡은 빙그레 미소를 지었다.

"너는 현도성이 지금 어떤 상태라는 것을 잊었느냐?"

"아……."

부옥령은 손으로 자신의 머리를 가볍게 두드리면서 실소를 흘렸다.

"깜빡했어요."

"네가 이럴 때가 있다니 신기한 일이로군."

"나이를 먹었나 봐요."

부옥령은 제 나이로 치면 현재 사십오 세다. 얼굴과 몸이 아무리 십칠 세로 반로환동했다고 해도 제 나이를 인식하고 있는 정신까지 어쩌지는 못한 모양이다.

부옥령이 전음이 아닌 육성으로 말하자 진천룡 왼쪽에 앉은 소정원과 부옥령의 오른쪽에 앉은 종초홍이 의아한 표정을 지으며 그녀를 바라보았다.

소정원과 종초홍은 부옥령의 실제 나이를 모르기 때문에 그런 것이다.

그녀들의 시선을 느끼면서 부옥령은 씁쓸한 기분이 들었다. 요즘 들어 부옥령은 정말 십칠 세인 것처럼 행동하고 있는 자신을 발견할 때가 종종 있기 때문이었다.

사실 나이를 먹는다는 것의 육세가 쇠락하는 것을 의미했다. 세월이 흘러서 나이를 먹어 노환으로 죽음을 맞이하는 것은 육신이지 정신이 아니다.

정신의 노화는 육신이 노쇠해지면 정신도 따라서 희미해져서였다. 몸속에 정신이 담겨 있기 때문이다.

그런데 부옥령은 심후한 공력 덕분에 반로환동을 하여 십칠 세가 됐으므로 정신 역시도 실질적인 십칠 세라고 봐야 한다.

그렇지만 실제 살아온 세월은 사십오 세이기에 그녀 스스로 자가당착에 빠질 때가 간혹 있는 것이다.

현도성은 연보진, 동방호룡과 함께 남창 녹수원에 왔다가 중상을 당해서 제압된 상태로 방치되어 있는 중이었다.

그게 불과 며칠 전의 일인데 깜빡 잊어버렸기에 부옥령이 나이 타령을 하는 것이다.

진천룡이 나직하게 말을 이었다.

"연보진도 아니다. 그녀는 그런 사람이 못 된다."

"하긴 그렇겠군요."

부옥령은 씁쓸한 얼굴로 고개를 끄떡였다. 연보진은 남창 녹수원에서 진천룡이 자비를 베풀어서 셋째 아들 동방호룡과 함께 겨우 살아서 떠났었다.

그런 그녀가 검황천문 두 세력을 통솔하여 진천룡을 공격할 리가 없다.

또한 진천룡이 알고 있는 연보진은 성품이 온후하고 기질이 고와서 그럴 사람이 못 된다.

그때 문으로 동방무건이 쭈뼛거리면서 들어서다가 실내의 분위기가 심상치 않음을 느끼고 그 자리에 멈추었다.

부옥령이 그를 향해 고개를 끄떡였다.

"가까이 와라."

하루 만에 피정복자의 자세가 몸에 밴 동방무건은 천천히 걸어와서 멈추더니 두 손을 앞에 모았다.

부옥령이 별로 대수롭지 않은 것처럼 말했다.

"누가 널 찾아오지 않았었느냐?"

부옥령은 그렇게 물으면서도 넘겨짚은 것이라서 대답을 들을 가능성은 거의 없다고 생각했다.

그렇지만 정말로 누가 찾아온 적이 있었던 동방무건으로서는 찔끔할 수밖에 없다.

그리고 부옥령은 그의 표정을 놓치지 않았다.

"누가 왔었느냐?"

동방무건의 귀에는 부옥령의 냉랭한 말이 다 알고 묻는 것 같기만 했다.

그렇기도 하지만 원래 동방무건은 거짓말이나 교활한 행동을 하지 못하는 성격이다.

그는 자신이 무슨 죄라도 지은 것처럼 두 손을 모으고 고개를 숙였다.

"왔… 었습니다."

진천룡과 부옥령의 눈이 번쩍 떠졌다.

"누구였느냐?"

"사조님이셨습니다."

"사조?"

부옥령은 의아한 표정을 짓는데 진천룡이 어? 하는 얼굴로 짧게 외쳤다.

"철염!"

부옥령은 아! 하는 표정을 지었다가 아미를 곱게 찌푸렸다.

"금혈마황 그 작자였군요……!"

금혈마황 정도라면 외부에 있는 검황천문 삼만오천여 명 세력을 능히 다스릴 수 있으며, 그럴 명분과 신분을 두루 갖추고 있다.

부옥령은 창으로 심장을 찌를 것처럼 동방무건을 쏘아보면서 물었다.

"그 작자와 무슨 말을 주고받았느냐?"

동방무건은 자신이 좋지 않은 상황에 엮이고 있다는 느낌을 받고 세차게 고개를 가로저었다.

"한마디도 대화를 나누지 않았습니다. 그저 두 번 고개를 끄떡였을 뿐입니다."

부옥령이 생각해봐도 같은 전각 안에 있으면서 동방무건이 금혈마황과 대화를 나누었을 리는 없다. 그랬으면 검황천각 내에 우글거리는 영웅문 초극, 절대고수들에게 즉시 발각됐을 테니까 말이다.

"그 작자가 무엇을 물었을 때 고개를 끄떡였느냐?"

"검황천문을 장악한 것이 영웅문이냐는 것과 진천룡이 여기에 있느냐는 물음이었습니다."

부옥령은 차갑게 코웃음을 쳤다.

"흥! 교활한 놈 같으니."

태문주의 정무인 연보진의 사부라면 검황천문에서 굉장한 신분이지만 부옥령에게는 늙은 구렁이에 불과할 뿐이다.

부옥령은 쇠를 녹일 듯한 눈빛으로 쏘아붙였다.

"금혈마황, 그놈은 지난번 제 마누라를 죽일 때 같이 죽였어야 했어요. 소저께서 겨우 목숨만 붙여놓았더니 아직도 정신을 못 차렸군요."

동방무건은 예전에 금혈마황이 사경을 헤맬 정도로 극심한 중상을 당했다는 말을 들은 적이 있었으나 어째서 부상을 입었는지 구체적인 내용은 알지 못했었다.

그런데 이제 보니까 금혈마황은 진천룡 일행에게 당했으며 그의 부인 요천여황도 그때 죽은 것이었다.

"그것뿐이었느냐?"

"그렇습니다."

부옥령의 물음에 잔뜩 주눅이 든 동방무건은 공손히 머리를 조아렸다.

동방무건이 물러간 후에 실내에는 진천룡을 비롯한 최측근들만 모였다.

부옥령이 옆에 앉은 진천룡의 옆얼굴을 보면서 생글생글 웃으며 말했다.

"대충 그림이 그려지네요."

"그렇군."

그러자 이번에는 운 좋게 진천룡 왼쪽에 앉게 된 종초홍이 두 사람을 보며 의아한 표정을 지었다.

"무슨 그림인데요?"

종초홍은 기발한 발상을 잘하는 대신에 논리적으로 추리하는 일에는 취약했다.

진천룡은 종초홍이 너무 귀엽다는 표정으로 설명했다.

"묵룡고수 한 명이 사라진 것을 기억하느냐?"

"네. 삼십이 명이었는데 한 명이 사라졌다고 들었어요."

"금혈마황이 묵룡고수 한 명을 납치해서 이곳 상황을 자세하게 들은 것이다."

"아……."

묵룡의 우두머리 조방훈을 비롯한 묵룡고수들은 대전 내에서 벌어지는 상황을 뻔히 보고 들었다.

"그럼 이제부터 어떻게 하실 건가요?"

진천룡은 종초홍의 머리를 쓰다듬으며 부드럽게 미소 지었다.

"네 생각에는 어떻게 해야 할 것 같으냐?"

"천첩의 소견으로는 말이죠."

종초홍은 소정원이 진천룡에게 말할 때 스스로를 '천첩'이라고 호칭하는 것을 허투루 듣지 않았다.

자고로 '여종'이라는 신분은 부인이나 마찬가지로 주인이 마음대로 할 수 있는 존재다.

그러므로 부인이 자신을 '천첩'이라고 하는 것처럼 여종도 그리하는 것이다.

종초홍은 종달새처럼 명랑하게 종알거렸다.

"기다리는 게 좋을 것 같아요."

"무얼 기다리는 것이냐?"

종초홍은 눈을 조금 크게 뜨고 진천룡을 바라보며 말했다.

"영웅문에서 추격대가 오고 있는 중이라고 알고 있는데, 아닌가요?"

"오호……!"

진천룡은 자신과 부옥령이 생각한 것을 종초홍도 생각했다는 사실에 의외라는 표정을 지었다.

종초홍은 기고만장한 표정으로 어깨를 들썩거렸다.

"거봐요. 천첩이 맞혔죠?"

"오냐."

부옥령도 미소를 지으며 종초홍에게 말했다.

"끝까지 말해봐라."

종초홍은 입술을 오므리고 좌우로 삐죽삐죽하면서 말했다.

"추격대는 영웅문 고수들과 창파영 고수들이겠지요? 그들이 거의 도착할 때쯤 우리도 검황천문에서 나가 그들과 합세하여 금혈마황 그 작자가 이끄는 세력을 깨부수는 거예요."

말이 끝나기 전에 종초홍은 조그만 주먹을 꼭 쥐고 앙증맞게 휘두르는 동작을 잊지 않았다.

방금 종초홍이 말한 것을 생각한 사람은 진천룡과 부옥령, 훈용강, 그리고 취봉삼비의 화운빙 정도였다.

그런데 이제 겨우 십칠 세인 종초홍이 경륜이 풍부한 사람들 못지않은 발상을 하자 다들 적잖이 감탄하는 표정을 지었다.

그런데 진천룡은 종초홍 옆에 앉은 소정원이 입술을 쫑긋거리고 있는 것을 발견했다. 무슨 말을 하고 싶은데 참는 듯한 얼굴이었다.

"원아, 할 말이 있느냐?"

"아……!"

소정원은 진천룡이 자신을 종초홍처럼 이름을 불러주는 것에 크게 감격했다.

"네. 천첩의 우매한 소견이기는 하지만……."

진천룡은 흐뭇한 미소를 지으며 고개를 끄떡였다.

"말해봐라."

소정원은 진천룡에게만 보이고 싶은 수줍은 미소를 살짝 짓고는 장미 꽃잎처럼 새빨간 입술을 나풀거렸다.

"천첩이 남창과 이곳 남경에 와서야 알게 된 사실이지만 영웅문에 대한 좋은 소문이 천하를 진동하고 있는 것 같아요."

"그건 그렇지."

이럴 때는 보통 겸손해야 하지만 그런 걸 잘 모르는 진천룡은 입이 함지박처럼 커져서 고개를 끄떡이며 동조했다.

소정원은 배시시 미소 지으며 말을 이었다.

"그리고 이곳 검황천문의 수하들도 알고 보니 몹시 영웅문 휘하가 되고 싶어 했잖아요?"

"그렇지."

소정원은 자신의 커다랗고 아름다운 눈 속에 진천룡을 담고 싶은 듯한 눈빛으로 말했다.

"그것을 검황천문이 아니라 모두에게 적용시키면 어때요?"

그녀가 여기까지 말했는데도 말뜻을 이해하는 사람이 아무도 없었다.

잠시가 지나서야 부옥령이 뭔가 번쩍 떠오르는 것이 있어서 놀라는 얼굴로 말했다.

"남경을 중심으로 이 근처의 방파와 문파들을 영웅문 휘하로 만들자는 뜻이야?"

소정원은 부옥령을 보며 방그레 웃었다.

"보기보다 똑똑하네?"

부옥령은 기막히다는 표정을 아주 잠깐 지었으나 소정원을 나무라지는 않았다.

소정원은 자신이 하는 말에 대해서 확고한 자신이 없는 것처럼 말했다.

"여기 검황천문에 있는 삼천여 명 대부분이 영웅문 휘하가 되겠다고 한 걸 보면 이 근처의 다른 방파와 문파 사람들도 그렇지 않을까 생각해요."

소정원은 진천룡이 어떤 반응을 보일지 조마조마한 표정으로 그를 바라보았다.

슥!

"이리 와라."

진천룡이 엄숙한 얼굴로 소정원에게 한 팔을 뻗었다.

"……!"

그의 갑작스러운 행동에 소정원은 잔뜩 겁을 먹고 엉덩이를 조금 움직여서 그에게 가까이 다가갔다.

진천룡은 소정원의 머리를 부드럽게 쓰다듬으면서 미소를

지었다.

"원아, 너는 정말 총명하구나. 감탄했다."

"아아……."

소정원은 너무 감격한 나머지 눈물이 핑 돌며 몸을 부르르 떨었다.

진천룡은 그녀의 뺨을 쓰다듬으면서 칭찬했다.

"너처럼 다재다능한 여자가 내 사람이라니, 나는 정말 행운아로구나."

"주인님……."

진천룡이 소정원의 뺨을 어루만지고 있는 바람에 종초홍은 상체를 뒤로 한껏 젖히고 있어야만 했다.

종초홍은 눈을 조금 더 크게 뜨고 여러 번 깜빡거리며 조급한 표정을 지었다.

"이… 이러면 어떨까요?"

자신도 소정원처럼 진천룡의 칭찬을 받고 싶은 종초홍은 필사적인 심정이다.

모두의 시선이 자신에게 집중되자 종초홍은 머릿속에서 버석거리는 소리가 날 지경이다.

"그… 금혈마황이 이끌고 있는 삼만오천여 명을 우리 편으로 만드는 거예요……!"

진천룡은 흥미롭다는 표정을 지었다.

"그렇게만 된다면 더 이상 바랄 게 없겠지. 그런데 어떤 방법으로 그들을 우리 편으로 만들면 되겠느냐?"

"그것은……."

종초홍은 자신을 주시하는 모두의 눈빛이 흡사 화살 같다는 생각이 들었다.

第二百四章

장악하기

종초홍은 자신도 진천룡에게 예쁨을 받고 싶다는 뿌리치기 어려운 유혹에 빠졌다.

"검황천문 사람들은 어느 누구 할 것 없이 영웅문 휘하가 되고 싶어 하잖아요?"

"그렇다는군."

종초홍은 해맑은 얼굴로 말했다.

"그러니까 삼만오천 명을 영웅문 휘하로 받아준다고 설득해서 우리 편으로 만들어요."

탁!

"기발한 생각이다."

종초홍은 신이 났다.

"그렇게 하면 싸우지 않고서도 모두를 휘하로 거둘 수 있으니까 양쪽 다 좋잖아요?"

진천룡은 손바닥으로 무릎을 치며 경탄했다.

"정말 그렇구나."

"그렇죠?"

진천룡의 칭찬을 들은 종초홍은 햇살처럼 환한 얼굴로 금방이라도 그의 품에 뛰어들 기세다.

진천룡은 기쁜 얼굴로 말했다.

"자! 홍아! 그럼 이제 네가 가서 그들을 설득해라."

"네?"

종초홍은 단꿈을 꾸다가 찬물을 뒤집어쓴 표정을 지었다.

"그걸 왜 천첩이 해야 하는 거죠?"

진천룡은 좌중을 둘러보며 차분하게 말했다.

"자네들 중에 적 삼만오천여 명을 찾아가서 우리 편이 되라고 설득할 지원자가 있으면 나서게."

훈용강과 취봉삼비 등은 손을 내젓고 고개를 가로저었다.

"저희는 무덤 속으로 들어가는 일은 절대 못 합니다."

"아유……! 죽을지 뻔히 알면서 어떻게 거길 가요?"

"미치지 않고서는 어떻게 사지로 뛰어들겠어요?"

종초홍의 얼굴이 하얗게 질리더니 잠시 후에 고개를 푹 숙이며 한숨을 호로록 내쉬었다.

"하아… 그렇군요."

부옥령이 마지막 정리를 해주었다.

"홍아, 그걸 보고 묘두현령(猫頭縣鈴)이라고 하는 거야."

고양이 목에 방울 달기라는 것이다. 고양이가 나타나면 목에 달린 방울이 울려서 쥐들이 다 미리 피할 수 있지만, 대체 누가 무서운 고양이 목에 방울을 달 것이냐는 말이다.

"네. 이제 알았어요."

진천룡은 왼쪽 옆에 앉아서 고개를 푹 숙이고 있는 종초홍의 머리를 부드럽게 쓰다듬었다.

"괜찮다. 발상은 좋았으니까 풀 죽을 것 없다."

진천룡의 말 한마디에 일희일비하는 종초홍은 고개를 들고 그를 바라보았다.

"그렇지만 도움이 못 됐어요."

진천룡은 종초홍의 어깨를 부드럽게 안아주었다.

"지금 당장은 그럴지 모르지만 나는 너의 생각을 버리지 않고 써먹을 계획이다."

종초홍은 그의 품에 안겨서 그를 올려다보며 커다란 눈을 반짝였다.

"정말인가요?"

"그렇고 말고. 그들 모두를 본문에 받아준다고 하면 크게 동요할 것이다."

"그렇죠?"

그제야 종초홍 얼굴에 배시시 아름다운 미소가 돌아왔다.

옥소가 공손한 목소리로 보고했다.

"외부로 날아가는 전서구는 한 마리도 없었어요."

지난 한나절 동안 무극고수와 호천고수 천 명은 검황천문을 둘러싼 담 아래에서 일정한 간격으로 포진하여 전서구가 밖으로 날아가거나 안으로 날아드는 것을 감시했었다.

진천룡은 고개를 끄떡였다.

"그럼 됐다."

이곳 검황천문 내에 있는 삼천여 명의 고수들이 영웅문 휘하에 들어왔다고는 하지만 그래도 세상의 일이란 모르는 것이다.

고수 삼천여 명과 숙수와 하인, 하녀 이천여 명까지 합쳐서 도합 오천여 명 중 누군가는 외부와 연락을 취할지도 모르는 일이다.

그런 자가 있다면 반드시 색출해서 잡아내야만 하고, 없다면 그것을 확인해야지만 다음 일을 진행할 수가 있다.

그런데 한나절 동안이긴 하지만 검황천문에서 들고 나는 전서구가 한 마리도 없었다는 것은 고무적인 일이다.

진천룡은 중인들을 천천히 둘러보며 말했다.

"자… 이제 시작합시다."

그의 말에 종초홍과 감후성은 호천고수들과 무극고수들을 이끄는 우두머리에게 명령했다.

"시작하라."

"시작하세요."

두 명의 우두머리가 쏜살같이 밖으로 달려 나갔다.

그들은 검황천문 내에서 휴식을 취하고 있는 호천고수와 무극고수 팔천여 명을 이끌고 출발할 것이다.

진천룡은 옥소를 비롯한 영웅호위대 고수 오십 명을 둘러보며 말했다.

"각자 어디로 가야 하는지 잘 알겠지?"

영웅호위고수 오십 명은 대답하지 않고 고개를 깊숙이 숙여서 대답을 대신했다.

부옥령이 말을 이었다.

"말을 듣지 않으면 제압해서라도 끌고 와야 한다."

오십 명은 다시 고개를 숙였다.

영웅호위고수 오십 명은 남경을 비롯한 근방 오십 개 방파와 문파로 달려갈 것이다.

이들 오십 명의 임무는 오십 개 방파와 문파의 수장을 만나서 이곳의 상황을 설명하고 그들을 검황천문으로 데리고 오는 일이다.

그런데 그들 중에서 믿으려 하지 않거나 거절, 반항하는 자가 있으면 제압해서 끌고 오라는 것이다.

영웅호위고수들의 평균 무위는 삼백오십 년 공력의 초극고수 수준이므로 충분히 임무를 달성할 터이다.

물론 영웅호위고수들은 각 방파와 문파에 몰래 잠입하여 수장을 단독으로 만나야 한다.

만에 하나 잠입을 하다가 들켰을 경우에는 아쉽지만 도주해야만 한다.

그러지 않으면 그 방파나 문파의 고수 전체와 싸워야 하니까 말이다.

오십 명의 수장들이 이곳에 모이면 진천룡이 직접 나서서 그들을 설득하게 될 것이다.

이것은 아까 소정원이 생각해 낸 계획이었다. 검황천문 치하에서의 각 방파와 문파들은 극심한 불이익과 폭정에 시달렸기 때문에 진천룡의 설득이 잘 먹힐 것이라고 예상했다.

일차적으로 남경을 비롯한 근처 백여 리 이내의 방파와 문파 오십 곳만 수중에 넣게 되면 검황천문과의 싸움은 완승했다고 봐도 될 터이다.

오십 명의 영웅호위고수들이 예를 취하고는 눈 깜짝할 사이에 실내에서 사라졌다.

잠시 침묵이 흐르자 종초홍이 진천룡을 보며 짤랑짤랑한 목소리로 말했다.

"이제 기다리는 건가요?"

모두의 시선이 진천룡에게 집중되자 그는 빙그레 미소를 지으며 말했다.

"우리도 할 일이 있다."

"뭐죠?"

"뭔가요?"

소정원과 종초홍이 그의 좌우에 찰싹 붙으며 물었다.

진천룡은 종초홍의 머리를 쓰다듬으며 미소 지었다.

"홍아의 계획을 실행에 옮길 수 있는지 우리가 직접 가서 염탐을 해보자."

"꺄악! 고마워요! 주인님!"

종초홍은 팔짝 뛰어올라 두 팔로 진천룡의 목에 매달리며 환호성을 터뜨렸다.

한쪽에서 무극애의 천상무극령 감후성은 묘한 표정을 지으며 그 광경을 바라보고 있다.

그는 도대체 언제 어떻게 무슨 이유로 진천룡과 종초홍, 소정원이 저토록 가까운 사이가 되었는지 아무리 생각을 해봐도 실마리조차 잡을 수가 없었다.

그는 진천룡과 종초홍, 소정원이 예전에는 한 번도 만난 적이 없던 것으로 알고 있었다.

그런데 종초홍과 소정원이 진천룡을 '주인님'이라 부르고 자신들을 '천첩'이라고 칭하면서 마치 정말 여종이나 연인, 첩이라도 된 것처럼 간과 쓸개 다 빼놓고 행동하는 상황을 도저히 이해할 수가 없는 것이다.

"가자."

진천룡의 말에 다들 우르르 입구로 몰려 나가고 감후성도 그들 뒤를 따랐다.

그런데 부옥령이 감후성을 보더니 방금 전까지 다들 앉아 있던 탁자를 가리켰다.

"당신은 여기에 있도록 해요."

"그게 무슨 뜻이오?"

부옥령은 앞서 나가다가 멈춰서 뒤돌아보고 있는 진천룡과 측근들을 두루 가리키며 설명했다.

"지금 우리가 가려는 곳에는 금혈마황과 삼만오천여 명의 일류고수들이 모여 있어요. 우리들이야 어떤 상황에서든 자신을 지킬 능력이 있지만 당신은 곤란해요."

이날 이때까지 단 한 번도 자신의 무위가 낮다고 한 번도 멸시를 당해본 적이 없는 감후성으로서는 지금 같은 상황이 매우 생소했다.

"부… 불초가 설마 여기에 있는 사람들보다 무위가 약하다는 뜻이오?"

그는 얼마나 당황하고 놀랐는지 말까지 더듬었다.

"그래요."

하지만 부옥령은 그의 말을 단칼에 인정했다.

감후성은 자신이 격동하거나 당황하면 말을 더듬는다는 사실을 지금 처음 알게 되었다.

"내… 내가… 누… 누구보다 하수라는 말이오?"

부옥령과 감후성이 쳐다보자 소정원과 종초홍, 청랑, 은조,

옥소, 취봉삼비, 현수란 등이 일렬로 죽 늘어서서 어디 한 번 해보자는 표정을 짓고 있었다.

감후성은 도토리 키 재기 같은 여자들이 해보자는 식으로 나오니까 기가 막혀서 꼭지가 돌 지경이다.

"허어… 이거 참!"

그런 상황에 부옥령은 아예 한술 더 떴다. 그녀는 시장 좌판에 진열해 놓은 물건인 것처럼 여자들을 두루 가리키면서 감후성에게 말했다.

"당신이 제일 만만하다고 생각하는 사람을 골라보세요."

"이것 보시오! 보자 보자 하니까 정말 너무하는군."

감후성은 자신도 모르게 발끈해서 언성을 높였다.

"지금 화를 내는 건가요?"

"화가 아니라 어이가 없어서 그러는 것이오."

부옥령은 타이르듯이 차분하게 말했다.

"세상은 그리 호락호락하지 않아요. 무극애에서는 모두 당신에게 굽신거렸는지 모르지만 여기 무림에서는 힘, 즉, 무위가 우선이에요."

"그래서 내 무위가 약하다는 것이오?"

"우리 모두 그렇게 생각하고 있어요. 그러니까 본인의 무위가 약하지 않다는 것을 증명하려면 여기에 있는 사람들 중에 아무나 골라서 대결을 해보세요. 그래서 이기면 같이 가는 것이고, 패하면 여기에 남아서 술이나 마시는 것이죠. 내 말이 납득하기 어려운가요?"

감후성으로서는 부옥령의 말이 납득하기 어려운 게 아니라 인정할 수가 없기 때문이다.

부옥령이 마지막 일침을 박았다.

"여기에 있는 사람과 일대일로 싸우지도 않으면서 우릴 따라가겠다는 것은 따라가서 짐이 되겠다는 심보예요. 우린 짐을 데리고 가진 않아요."

하다 하다 무극애의 천상무극령 감후성이 짐 보따리로 전락하고 있는 중이다.

그렇지만 감후성은 부옥령 말처럼 자신이 여기에 남아서 술이나 마시면서 기다리든지 아니면 여자 한 명을 골라 일대일로 싸워 자신의 무위를 증명하는 것 말고는 달리 방법이 없다는 사실을 깨달았다.

"크흠! 싸우겠소."

그는 끓어오르는 분노와 억울함을 달래려고 세차게 콧김을 뿜어냈다.

그는 원래 순후한 성격의 사람이라서 지금처럼 감정의 큰 기복을 느껴본 적이 한 번도 없었다.

그는 일렬로 죽 늘어선 여자들에게는 시선조차 주지 않고 그 너머에 서 있는 진천룡과 훈용강을 쳐다보았다.

그는 거침없이 진천룡을 가리켰다.

"진 형, 불초와 한판 놀아보지 않겠소?"

"감히 주인님께! 불손해요!"

그러자 종초홍과 소정원이 한 걸음 앞으로 나서면서 새된 소리를 냈다.

종초홍은 감후성에게 시선을 고정시킨 채 눈도 깜빡이지 않으며 왼팔을 뻗어 소정원을 뒤쪽으로 밀었다.

"들어가. 저자는 내가 처리할게."

'저… 저자?'

감후성은 하도 기가 막혀서 머리에 뚜껑이 있다면 벌컥 열릴 판국이다.

그런데 부옥령이 팔짱을 끼고 고개를 까딱거리면서 종초홍에게 말하는 것이 아닌가.

"홍아, 삼초식 안에 이기지 못하면 널 데려가지 않겠다."

천하절색의 미모를 지닌 종초홍은 얼굴을 차갑게 굳히면서 코웃음을 쳤다.

"흥! 일초식이면 충분해요."

감후성은 더 이상 화를 내지 말아야겠다고 생각하면서도 끝없이 용암이 분출되는 것처럼 속이 부글부글 끓었다.

그는 지금은 아무 말도 하지 말고 그저 종초홍과 싸워서 이기는 것이 상책이라고 여겼다.

*　　*　　*

감후성은 자신이 종초홍에게 패할 것이라고는 터럭만큼도 생각하지 않았다.

감후성이 밖으로 걸어 나가며 굳은 얼굴로 말했다.

"나갑시다."

"나갈 필요까지 있겠어요?"

종초홍의 냉랭한 말에 감후성은 어이가 없어서 콧김을 세게 뿜었다.

"흐흥! 내 말이 그 말이었소."

그는 자신이 이렇게까지 감정이 격앙될 것이라고는 예상하지 못했었다.

종초홍은 실내 한가운데에서 다리를 어깨 넓이로 벌리고 감후성을 주시했다.

"자, 공격해 봐요."

"그걸 말이라고 하는 것이오?"

사내대장부가 여자, 그것도 십칠 세 소녀에게 먼저 공격하다니 감후성으로서는 상상도 하지 못할 일이다.

불과 일 각 전까지만 해도 감후성은 종초홍이 이처럼 자신의 속을 북북 긁을 것이라고는 생각하지 못했었다.

그는 종초홍 다섯 걸음 앞에 마주 보고 서서 두 팔을 아래로 내리고 중후한 목소리로 말했다.

"소궁주가 먼저 손을 쓰시오."

종초홍은 뒷짐을 지고 상체를 이리저리 흔들면서 생글생글 웃었다.
"내가 선공을 하면 당신이 공격할 기회가 없을 거예요. 믿지 못하겠으면 시험해 봐도 좋아요."
"정말 그대는……."
"충고하는데, 아무쪼록 당신은 전력을 다해서 선공을 해야지만 낭패를 당하지 않을 거예요."
"으음……! 정녕 소궁주는 관을 봐야지만 눈물을 흘릴 여자로군요."
종초홍은 방글방글 웃으며 고개를 끄떡였다.
"제발 관을 보여주세요. 예쁜 관이어야 할 텐데 저로서는 기대가 커요."
감후성은 두 손에 공력의 육 성까지 모았다가 종초홍의 마지막 말에 공력을 증가시켜 팔 성을 만들었다.
그때 그의 고막을 울리는 잔잔한 목소리가 들렸다.
[감 형, 홍아는 기연을 얻어서 공력이 급증했으니 감 형은 전력을 다해야 할 것이오.]
"……!"
감후성은 가볍게 흠칫하며 표정이 굳어졌다. 짧은 순간이지만 그는 종초홍이 어째서 저렇게 기고만장하는 것인지 이해할 수 있을 것 같았다.
종초홍이 어떤 기연을 얻었는지는 알 수 없으나 그녀의 공력이 급증했다는 진천룡의 말은 믿을 수가 있다.

그래야지만 지금 눈앞에서 오만방자한 행동을 하고 있는 종초홍을 납득할 수 있기 때문이다.

'그랬다는 것인가?'

감후성은 진천룡의 말을 듣고서야 비로소 긴장다운 긴장을 하게 되었다.

그 느낌은 무공 대결을 앞두고 느끼는 두근거림과 피 끓음 즉, 혈류가 빠르게 흐르는 특유의 흥분성 긴장감이었다. 그는 이런 긴장감을 좋아했다.

종초홍은 감후성의 눈빛과 표정이 달라진 것을 발견하고 조금 의아한 생각이 들었으나 개의치 않았다.

그렇다고 해봐야 감후성은 그녀의 상대가 되지 못할 것이라고 믿기 때문이다.

감후성은 잠시 종초홍을 응시하다가 짧게 말했다.

"밖으로 나갑시다."

그러고는 종초홍의 대답을 듣지도 않고 몸을 돌려 밖으로 성큼성큼 걸어갔다.

종초홍이 그처럼 강적이라면 실내에서 대결하다간 구경하는 사람들이 다칠 수 있고 집기나 전각이 부서질 수도 있어서였다.

"이봐요!"

종초홍이 뾰족한 목소리로 불렀으나 감후성은 뒤돌아보지 않고 계속 걸어나갔다.

검황천각 앞의 넓은 마당에 종초홍과 감후성이 마주 서 있으며, 진천룡과 측근들이 빙 둘러섰다.

처음에는 장난처럼 시작한 대결이었으나 이제는 판이 커져버려서 말릴 수도 없는 데다 누가 양보하거나 물러설 수 없는 대결이 돼버렸다.

종초홍은 감후성이 갑자기 밖으로 나가자고 하더니 더없이 신중하고 긴장된 태도를 취하자 조금 의아하게 생각했으나 긴장하진 않았다.

애당초 종초홍은 긴장 같은 걸 모르는 순진하면서도 천방지축인 성격이다.

아마도 그녀를 긴장시킬 수 있는 사람은 천하에 진천룡 한 사람뿐일 것이다.

종초홍은 아까처럼 뒷짐을 지고 방글방글 웃으며 말했다.

"자, 나왔으니까 어디 당신 마음대로 해봐요."

말은 그렇게 하지만 그녀는 암암리에 전신의 공력을 극한까지 끌어올려서 두 팔에 집중시켰다.

종초홍은 원래 이백오십 년 공력이었을 때 호천궁의 성명절학인 호천신력(昊天神力)을 육 성까지 연공했었다.

그런데 공력이 급증하여 화경을 넘어서는 경지에 이르게 되자 자연스럽게 십 성까지 터득하게 되었다.

강기보다 강한 위력의 무공을 신력(神力)이라 하고, 신력을 넘어서는 절대적인 위력을 절강(絶罡)이라고 한다.

그런데 종초홍은 공력이 급증하여 신력을 넘어 절강의 단계에 들어선 상태다.

무림인이 강기의 흉내라도 내려고 하면 최소한 이백오십 년의 공력이 있어야 하고, 오 갑자 삼백 년 공력쯤 돼야 강기를 능숙하게 전개할 수가 있다.

신력은 칠 갑자 사백이십 년이라는 어마어마한 공력이 축적돼야 펼칠 수가 있다.

오백 년 공력이면 신력의 최고봉에 도달하여 부수지 못할 것이 없는 경지에 도달한다.

그리고 무릇 인간의 몸으로는 결코 연공할 수 없다는 신의 무공 절강은 신력의 최고봉을 넘어 신의 영역에 들어서야만 익힐 수가 있다.

다시 말해서 공력의 세계를 넘어 초범입성, 화경에 들어서야만 익히고 전개할 수 있는 것이다.

자고로 강기는 쇠를 뚫고 부수며, 신력은 산악을 무너뜨리고, 절강은 하늘을 쪼개며 바다를 뒤엎는다고 했다.

감후성의 입에서 나직하고 조용한 목소리가 흘러나왔다.

"그럼 먼저 실례하겠소."

종초홍은 감후성을 일초식에 거꾸러뜨리려고 공력을 극한으로 끌어올린 상태라서 입을 열면 입으로 공력이 뿜어 나올 것 같아 생긋 웃으며 고개만 까딱했다.

감후성은 두 팔을 아래로 비스듬히 벌려서 무언가를 움켜쥐는 듯한 자세를 취하고 어금니를 악물었다.

쿠우우!

그의 옷자락이 펄럭이고 머리카락이 나부끼면서 주위의 공기가 격탕하기 시작했다.

마침내 무극애의 최고 성명절학인 천애선력(天涯旋力)이 펼쳐지는 것이다.

무극애에서 적통인 감씨 일족만이 익힐 수 있는 최고 절학이 천애선력이다.

쿠쿠쿠우우!

그 절학을 칠 성까지 연공한 감후성은 자신이 천애선력을 펼치면 천하의 어느 누구라도 상대할 수 있다고 자신했다.

천애신력은 공력을 이용하여 천지간의 오행진기를 흡수하여 특수한 초식으로 뿜어내는 인간과 자연의 합작품이다.

쿠쿠콰아아아!

감후성을 중심으로 주위 이 장의 공기가 마구 격탕하면서 좌측으로 천천히 회전했다.

사 장 밖에 서 있는 진천룡과 측근들은 자신들 주위의 공기와 기운들이 감후성에게 빨려가는 것을 느꼈다. 또한 그들의 옷자락이 감후성 쪽으로 심하게 펄럭였다.

고오오—!

그때 또 다른 음향이 종초홍 쪽에서 흘러나오기 시작해서 사람들의 시선이 그쪽으로 향했다.

그 음향은 종초홍 머리 위 아득한 곳에서 은은하게 들려오고 있었다.

자연스레 사람들은 종초홍의 머리 위를 바라보았다.

"아……."

"저런……."

누군가의 입에서 나직한 탄성이 흘러나왔다.

파랗게 청명한 하늘에서 그보다 더 새파란 그 무엇이 쏟아지듯이 빠르게 하강하고 있었다.

그것은 마치 먹구름이 하늘을 온통 뒤덮고 있을 때 먹구름 한가운데 조그만 구멍이 뚫려서 그곳으로 햇빛이 지상을 향해 내리꽂히는 듯한 광경이었다.

그리고 그 새파란 청광이 우뚝 서 있는 종초홍의 온몸을 내리쬐고 있었다.

넓은 마당에서 평생 한 번도 보지 못할 진풍경이 벌어지고 있었다.

쿠콰아아아!

고오오오!

종초홍은 감후성에게 먼저 선공을 하라고 했으나 그가 신공을 발휘하는 광경을 보자 감히 방심하지 못하고 자신도 호천신력을 전개한 것이다.

그러고는 어느 한순간 두 사람의 입에서 낭랑한 호통이 터져 나왔다.

"이야압!"

"야앗!"

종초홍과 감후성이 상대를 향해 힘껏 쌍장을 뻗자 눈부신 청광과 오색광이 무시무시하게 뿜어졌다.

다음 순간 사람들이 한 번도 들어보지 못한 파공음과 폭발음이 거의 동시에 터졌다.

쉬아아앙!

콰우우웅!

구우웅—!

중간 지점에서 두 줄기 광채가 부딪치며 마치 거대한 용광로가 폭발하는 것처럼 청광과 오색광이 사방으로 뿜어졌다.

좌좌아아—!

"으음……."

옷을 찢는 듯한 음향과 묵직한 신음이 뒤를 이었다.

눈부신 광채들이 씻은 듯이 사라지고 장내에 드러난 광경에 중인들은 눈을 크게 뜨며 놀랐다.

종초홍과 감후성 두 사람 다 자리에서 뒤로 밀려나 있었다.

다른 점이 있다면 종초홍은 일 장 정도 밀려났으며, 감후성은 삼 장이나 밀려나 있었다.

그리고 또 다른 점은 감후성은 뒤로 누운 자세로 쓰러져 있지만, 종초홍은 주저앉아 있다는 사실이다.

또한 누워 있는 감후성 앞쪽에는 지면에 길게 끌린 자국이

선명했다.

이것은 누가 보더라도 명백한 감후성의 패배다. 잠시 동안 두 사람은 그 자세에서 움직이지 않고 그대로 있었다.

그때 종초홍이 부스스 일어나며 아무렇지도 않은 듯 옷을 툭툭 털었다.

진천룡과 부옥령은 쓰러져 있는 감후성에게 미끄러지듯이 쏘아갔다.

"감 형, 괜찮소?"

감후성은 눈은 뜨고 있었지만 초점이 없었고 입과 코에서 실낱같은 피가 흘러나오고 있었다.

"감 형."

진천룡이 어깨를 잡고 상체를 일으키자 감후성은 선선히 일어나 앉는데 표정이 매우 착잡했다.

진천룡은 걱정스러운 얼굴로 물었다.

"다쳤소?"

감후성은 종초홍과의 일대일 대결에서 이런 결과가 나오자 큰 충격을 받았다.

그러나 진천룡의 진심으로 걱정하는 얼굴을 보자 마음이 조금쯤 푸근하게 풀어졌다.

"괜찮소. 걱정을 끼쳤구려."

진천룡과 부옥령은 감후성의 됨됨이가 대인의 풍모라는 사실을 다시 한번 깨달았다.

진천룡이 손을 뻗었다.

"일어납시다."

감후성은 혼자 일어날 수 있지만 진천룡의 손을 뿌리치지 않았다.

종초홍에게는 소정원 혼자 다가가서 마치 딸에게 하듯 다정하게 말했다.

"다치지 않았느냐?"

종초홍은 입술을 뾰족하게 내밀고 종알거렸다.

"자존심을 다쳤어."

"뭐어?"

소정원은 손으로 입을 가리고 웃었다.

"호호호! 너 말을 재미있게 하는구나?"

"너는 이게 재미있니?"

"푸후훗! 응. 재미있어."

소정원은 두 손으로 입을 가리고 웃음을 참으며 고개를 끄떡였다.

소정원은 막내딸뻘인 종초홍이 자신을 같은 연배로 알고 대하는 게 너무 좋아서 다른 건 아무것도 생각나지 않을 지경이다.

반면에 종초홍은 두 가지 이유 때문에 불쾌했다. 감후성과의 대결에서 자신이 일 장이나 물러나 주저앉았다는 것과 진천룡이 자신에게 오지 않고 감후성에게 가서 그를 일으켜 주었다는 사실이었다.

그렇지만 종초홍은 옹졸한 성격이 아니라서 그런 감정을 금세 털어버렸다.

종초홍은 한 차례 운기를 해보았더니 기혈이 가볍게 뒤엉켰을 뿐 아무렇지도 않음을 알게 되었다.

검황천각의 어느 빈방에 들어간 감후성은 운공조식을 하면서 내상을 치료했다.

운공조식을 해보니 내상이 생각했던 것보다 심해서 최소한 한 달 이상 치료와 정양을 병행해야 할 것이라고 예상됐다.

무극애에 있는 것도 아니고 중원에 나와 있으며 또한 자신이 무극고수들을 지휘해야 하는 상황인데 내상을 입었기에 속이 쓰렸다.

종초홍과의 일대일 대결에서 자신이 현격한 차이로 패한 것은 충격적이고 놀랄 일이지만 그것 때문에 부끄럽거나 상심하지는 않았다.

다만 자신이 이런 상황이 돼버렸기 때문에 중요한 일들을 수행하지 못하게 된 것이 아쉬울 뿐이었다.

第二百五章

일대격전

'아…….'

감후성은 갑자기 등 한복판 명문혈(命門穴)을 통해서 더없이 상쾌하고 온후한 기운이 체내로 파도처럼 스며들자 크게 놀라서 하마터면 소리를 낼 뻔했다. 만약 소리를 질렀다면 주화입마에 들어 큰일이 났을 것이다.

'어떻게 된 거지?'

그러나 생각이 더 이어지진 못했다. 갑자기 주입된 기운이 그의 내상을 치료하기 시작해서였다.

"……!"

아니, 내상을 치료하는가 싶더니 신비한 기운은 어느 순간 한꺼번에 씻은 듯이 사라져 버렸다.

'이게 무슨 일이지?'

그는 운공조식을 끝내기 전에 내상을 입은 부위를 진기로써 다시 조심스럽게 더듬어보았다.

'아……!'

그는 내상이 말끔하게 치료된 사실을 확인하고는 크게 놀랐다.

상황을 믿을 수 없어 운공조식을 끝내지 않은 상태에서 몇 번이나 확인을 다시 해봤지만 대체 어느 부위에 내상을 입었는지 모를 정도로 완벽하게 치료가 되어 있었다.

눈을 뜬 그는 한동안 바닥에 멍한 표정으로 앉아서 눈만 껌뻑거렸다.

'대체 어떻게 된 일이지? 느닷없이 등으로 신비한 기운이 주입되면서 내상을 치료했는데…….'

그는 무심코 등 뒤를 돌아봤다가 진천룡이 책상다리를 하고 앉아 있는 모습을 발견하고 깜짝 놀랐다.

"허엇!"

진천룡은 놀라서 벌떡 일어나는 감후성을 올려다보며 빙그레 미소 지었다.

"좀 어떻소?"

감후성은 짚이는 바가 있어서 눈을 크게 뜨고 진천룡에게 물었다.

"혹시 진 형이 내 체내에 진기를 주입한 것이오?"

진천룡은 일어나서 담담히 미소 지으며 고개를 끄떡였다.

"그렇소. 내상은 어떻소?"

감후성은 해연히 놀라서 눈을 크게 떴다.

"진 형이 어떻게 했는지 모르지만 내상이 감쪽같이 완치됐소. 귀신이 곡할 노릇이오."

그는 확인하듯이 다그쳐 물었다.

"정말 진 형이 날 치료했소?"

"그렇소."

감후성은 놀라고 기뻐서 진천룡의 손을 덥석 잡았다.

덥석!

"대체 어떻게 했기에 순식간에 날 완치시킨 것이오? 정녕 믿어지지 않소."

"다행이오."

진천룡은 설명이 길어질까 봐 담담하게 미소만 지었다.

감후성은 그런 진천룡의 마음을 읽었는지 궁금하면서도 더 이상 그것에 대해서는 묻지 않았다.

진천룡은 문으로 걸어갔다.

"갑시다."

감후성은 의아한 얼굴로 엉거주춤했다.

"어딜 가는 것이오?"

척!

진천룡은 문을 열었다.

"금혈마황에게 가는 것이오."

"거긴……."

감후성은 멈칫하고는 씁쓸한 표정을 지으며 머뭇거렸다. 종초홍과의 일대일 대결에서 이겨야지만 그곳엘 갈 수 있는데 패했기 때문이다.

진천룡은 빙그레 미소 지었다.

"감 형 정도 실력이면 누구에게도 폐를 끼치지 않을 테니 같이 갑시다."

"그렇지만……."

감후성은 대인과 협객의 풍모를 지닌 사내대장부이지만 종초홍과의 약속 때문에 머뭇거렸다.

진천룡은 빙그레 미소 지었다.

"홍아 때문에 그러시오?"

감후성은 흠칫했다가 씁쓸하게 고개를 끄떡였다.

"그렇소. 약속은 약속인지라……."

그는 복잡한 표정을 지었다.

"호천궁 소궁주의 무위가 그토록 고강할 줄은 추호도 예상하지 못했소."

그는 생각났다는 듯 눈을 빛내면서 진천룡에게 물었다.

"그런데 소궁주가 얻은 기연이라는 것이 무엇이오?"

"설명하자면 기오."

감후성은 종초홍의 기연이 무엇인지 진천룡은 알고 있지만 말하기 곤란하다는 뜻으로 해석했다.

예절이라면 목에 칼이 들어와도 지키는 감후성은 진천룡을 곤란하게 만들 수는 없어서 궁금함을 삼켰다.

금혈마황에게 가는 사람은 진천룡과 부옥령, 청랑, 은조, 훈용강, 취봉삼비, 소정원, 종초홍, 그리고 감후성 열한 명으로 정해졌다.

옥소를 비롯한 영웅호위대는 검황천문에 남아서 지키라는 명령을 받았다.

그렇게 일행이 모두 정해지고 모이자 종초홍은 감후성을 발견하고는 역시 그냥 넘어가지 않았다.

"당신, 왜 같이 가는 거죠?"

감후성은 칼날처럼 예리한 종초홍의 시선을 피해서 딴청을 부렸다.

그러자 종초홍이 일행 사이를 헤집고 감후성에게 빠르게 다가오더니 소매를 잡아당겼다.

"이봐요. 내 말 안 들려요?"

진천룡은 거기에 대해서 해명을 해주려고 걸음을 늦추어 두 사람 가까이 다가왔다.

그러자 진천룡을 발견한 종초홍이 손을 내저었다.

"우리끼리 할 얘기가 있으니까 주인님께선 먼저 가세요."

"홍아."

"사고 치지는 않을게요. 그럼 됐죠?"

"그게 아니고……."

종초홍은 두 손을 허리에 얹고 볼을 통통하게 만들었다.

"천첩을 믿지 못하시는 건가요?"

"아… 알았다."

진천룡은 금방이라도 울 것 같은 종초홍의 표정에 두 손을 저으면서 몸을 돌렸다.

감후성이 구원을 바라는 표정으로 그를 바라보고 있었으나 모른 체했다.

감후성이 같이 동행하려면 어차피 한 번은 넘어야 할 산이 종초홍이기 때문이다.

"진 형."

"어딜 가요?"

감후성이 앞으로 빠르게 걸어가려고 하자 종초홍이 그의 소매를 잡아끌었다.

감후성은 초조한 표정으로 종초홍을 쳐다보다가 그녀의 싸늘한 표정을 보고는 이크! 하며 급히 고개를 돌렸다.

* * *

금혈마황이 삼만오천여 명을 데리고 있는 장소는 장강 남쪽

강가에 위치한 용담(龍潭)이라는 곳이다.

강소성에서 가장 큰 두 도읍인 남경과 진강현(鎭江縣) 중간 지점에 위치해 있는 용담은 별달리 특이할 것 없는 평범한 어촌 마을이다.

바로 그곳에 금혈마황이 이끄는 삼만오천의 고수들이 임시로 진을 치고 있는 중이다.

원래 용담에 살고 있는 주민의 수는 기껏해야 삼천여 명 정도에 불과했다.

그런데 느닷없이 삼만오천여 명이란 엄청난 인원이 들이닥쳤기 때문에 마을은 그야말로 풍비박산나고 말았다.

남경과 진강현 사이에는 장강이 흐르고 있으며 장강 남쪽에는 탕산(湯山)이 동서로 길게 누워 있다.

탕산의 최고 높이는 백오십 척으로 그리 높지 않고 경사가 완만하지만 숲이 우거져서 산에 들어가면 하늘이 보이지 않을 정도다.

탕산 중간쯤 북쪽 기슭에 용담마을이 있으며 좁고 길쭉한 평야가 장강을 따라 이어져 있는데, 그곳에 삼만오천여 명의 고수들이 노숙을 하고 있다.

무림인들이라서 노숙하며 이슬 맞고 추위에 떠는 것쯤은 참을 수 있다.

하지만 먹는 것은 거를 수가 없다. 양보를 해서 하루에 한 끼만 먹는다고 해도, 삼만오천여 명이 먹어 치우는 식량을 대는 용담마을은 일찌감치 거덜이 났다.

삼만오천여 명의 고수들이 한 끼만 먹는 것으로 용담마을의 식량은 바닥을 드러냈다.

그렇다고 남경을 삼십여 리 남겨둔 지점에서 또다시 이동을 할 수는 없는 노릇이다.

앞으로 전진하면 남경이고 뒤로 물러나면 진강, 북쪽은 장강이 넘실거리고, 남쪽은 탕산이 가로막고 있다.

삼만오천여 명이나 되는 어마어마한 대군을 누가 감히 건드리지는 못한다고 해도 허기를 이길 수는 없는 일이다.

용담마을에는 강가 포구에 객점이 딱 하나 있으며, 지금 그곳에는 금혈마황과 여러 고수들이 득실거리고 있다.

이 층 창가 자리에 앉은 금혈마황은 묵룡고수가 가져다주는 서찰을 읽고 있는 중이다.

그 서찰은 검황천문 내에 있는 탐라부 고수가 보낸 것인데, 검황천문 내의 상황이 적혀 있다.

원래 검황천문 탐라부는 정보 추적과 탐색의 달인들이며 각 성에 주둔하고 있다.

탐라부는 자신들이 담당한 지역의 정세와 시시각각 일어나는 굵직한 사건들을 조사하는 한편 추적과 미행, 염탐, 감시 따위를 주 업무로 하고 있으며, 검황천문 내에 본부가 있는데 그들이 전서구를 보내고 있는 것이다.

"음!"

금혈마황은 다 읽은 서찰을 탁자에 내려놓으며 무거운 신음을 흘렸다.

대군사 명보운이 조심스럽게 물었다.

"무슨 내용입니까?"

"읽어봐라."

명보운은 금혈마황이 가리킨 서찰을 냉큼 집어서 빠르게 읽기 시작했다.

예절로는 자신보다 상전인 좌호법 심관웅에게 먼저 보여야 하지만 마음이 급해서 그러지 못했다.

"이런……."

서찰을 한 번 읽은 명보운은 한 번 더 읽고서 오만상을 찌푸렸다.

탁!

심관웅이 편치 않은 얼굴로 명보운 손에서 서찰을 낚아채서 읽었다.

총부주 겸포와 검천태제총령 하승우는 심관웅의 양쪽 어깨 너머로 같이 서찰을 읽었다.

총부주 겸포는 서찰을 다 읽지도 않고 난색을 표하며 탄성을 터뜨렸다.

"이건 놈들이 우릴 역공하겠다는 것 아닙니까?"

검천태제총령 하승우는 세차게 고개를 가로저었다.

"말도 안 되는 일이오."

서찰에는 검황천문 내에 있던 무극애와 호천궁의 고수들이 같은 시각에 출발하여 동쪽으로 향했다는 내용이 적혀 있었다.

검황천문에서 동쪽이라면 용담마을이다. 팔천여 명이나 되는 무극고수, 호천고수들이 동쪽으로 무작정 산책을 나갔을 리가 만무하다.

그러므로 그들이 이곳을 공격하기 위해서 검황천문을 떠났다고 보는 것이 옳았다.

총부주 겸포가 하승우에게 눈을 부라리며 캐물었다.

"어째서 말이 안 된다는 것인가?"

"그들은 고작 팔천여 명뿐이고 우린 삼만오천이오. 상대가 된다고 생각하시오?"

겸포는 쉽게 물러나려고 하지 않았다.

"그들은 비록 팔천여 명이지만 무극애와 호천궁의 정예고수들이오."

하승우는 세차게 고개를 가로저었다.

"그렇다고 해도 삼만오천여 명을 상대로 공격을 가할 수는 없는 일이오."

하승우는 자신의 의견에 동의를 구하듯이 금혈마황을 쳐다보면서 말을 이었다.

"더구나 이쪽 삼만오천도 정예 중에서 정예가 아니오? 그들이 양패구상 하려고 해도 뜻대로 되지 않을 것이오."

금혈마황은 하승우 말에는 가타부타 반응을 보이지 않고 이맛살을 잔뜩 찌푸리고 있을 뿐이다.

그때 명보운이 무겁게 고개를 끄떡이며 말문을 열었다.

"가능한 일입니다."

"뭐가 가능하다는 것이오?"

하승우는 갈라지는 목소리로 급히 물었다.

명보운은 금혈마황을 보면서 진지한 얼굴로 말했다.

"만약… 추적대가 있다면 그들이 우릴 공격하는 것이 가능합니다."

"추적대?"

'추적대'라는 말은 하승우가 했지만 금혈마황은 눈을 빛낸 채 명보운을 쳐다보며 말을 계속하라는 표정을 지었다.

"본문의 삼만 정예고수들이 영웅문을 공격하러 항주로 가다가 회군을 했을 때, 영웅문에서 삼만 정예고수들을 추적했을 수도 있습니다."

"……."

금혈마황은 낫으로 뒷목을 찍힌 듯한 표정이고, 심관웅과 겸포, 하승우는 뒤통수를 강타당한 표정을 지었다.

명보운은 조용하지만 무겁게 말을 이었다.

"영웅문에는 만오천여 명의 정예고수가 있는 것으로 알고 있는데 추적을 한다면 그중 만여 명이 나섰을 것입니다. 그리고 창파영이 있습니다."

"창파영이 어떻다는 것인가?"

명보운은 금혈마황을 보면서 공손히 말했다.

"창파영이 영웅문주에게 동조하고 있다는 보고였습니다."

하승우가 카랑카랑한 목소리로 대들듯이 반박했다.

"창파영은 영웅문을 공격했다가 지리멸렬하지 않았소? 그런데 영웅문을 돕는다는 말이오?"

명보운은 하승우를 보지도 않고 대답했다.

"예전의 일이야 어찌 됐든 현재가 중요하오."

"현재가 뭐 어떻다는 것이오?"

"현재 창파영주가 영웅문주하고 한통속이 됐다는 보고외다."

다들 놀라고 어이없는 표정을 지었다.

명보운은 조금 전에 서찰을 금혈마황에게 주었던 묵룡고수를 보며 물었다.

"창파영주를 직접 보았느냐?"

"그렇습니다."

묵룡고수는 고개를 깊이 숙였다.

* * *

금혈마황은 자신을 이곳까지 안내한 묵룡고수를 누구보다 신임하고 있다.

"창파영주에 대해서 설명해 봐라."

묵룡고수는 불과 오 장 앞에서 진천룡을 비롯한 측근들을 오랫동안 목격했었기 때문에 잘 알고 있다.

"창파영주는 십칠팔 세 정도의 어린 소녀였는데 영웅문주 전광신수를 하늘처럼 떠받들고 있었습니다."

"어린 소녀?"

"설마 그럴 리가……."

여기에 있는 사람들은 물론이고 천하의 어느 누구도 창파영주를 직접 본 사람은 아무도 없다.

심관웅과 겸포, 하승우가 꾸짖듯이 묵룡고수에게 질문을 퍼부었다.

"그게 분명한 것이냐?"

"창파영주가 어린 소녀라는 게 말이 되느냐?"

묵룡고수는 정중히 고개를 숙였다.

"속하는 불과 몇 장 거리에서 똑똑하게 보았습니다."

"잘못 본 것이 아니냐?"

묵룡고수는 강하게 부인했다.

"사람들이 그녀를 창파영주라고 부르는 호칭을 똑똑히 들었으며 그녀의 아들과 딸이 어머니라고 부르는 것도 몇 번이나 봤습니다."

겸포가 코웃음을 치면서 비웃듯이 말했다.

"커허헛! 창파영주가 십칠 세 소녀라면서 아들과 딸이 있더라는 말이냐?"

"밥통!"

금혈마황이 겸포를 꾸짖었다.

"창파영주는 반로환동을 한 것이다."

"아……."

그의 말에 심관웅과 겸포, 하승우, 명보운의 얼굴이 허옇게 질렸다.

겸포가 신음을 하듯 중얼거렸다.

"맙소사… 반로환동이라니… 그렇다면 창파영주의 공력수위는 도대체 어느 정도라는 말인가?"

대군사 명보운은 놀라움을 삼키면서 대답했다.

"현실적으로는 구 갑자가 넘어야 반로환동, 초범입성의 경지에 오르는 것으로 알려져 있네."

하승우가 입을 크게 벌리며 거품을 뿜을 듯이 말했다.

"구 갑자면 오백사십 년 공력… 마… 말도 안 돼……."

금혈마황을 제외하고 심관웅과 겸포, 하승우는 이백오십 년에서 삼백 년까지의 공력을 지니고서도 그동안 목에 빳빳하게 힘을 주고 다녔었다.

그런데 창파영주가 구 갑자 오백사십 년 이상의 어마어마한 공력을 지녔다는 것이다.

겸포가 금혈마황을 보면서 어이없는 얼굴로 물었다.

"태사부님, 그게 가능한 일입니까?"

금혈마황은 가라앉은 걸걸한 목소리로 말했다.

"그게 아니라면, 십칠 세 소녀가 이십 대 남매를 자식으로 둔 이유를 설명해 보게."

"그것은……."

겸포는 대답을 하지 못하고 우물거렸다.

명보운이 금혈마황을 보면서 조심스럽게 말문을 열었다.

"짚고 넘어가야 할 게 있습니다."

금혈마황은 고개를 끄떡였다.

"말하라."

명보운은 검황천문의 대군사답게 냉철한 어조로 설명했다.

"조금 전에 도착한 전서구에 의하면 본문에서 팔천여 명의 무극애, 호천궁 고수들이 동쪽으로 출발했다고 합니다."

분위기가 찬물을 끼얹은 것처럼 조용하게 가라앉았다.

명보운의 말이 무엇을 뜻하는지, 그리고 그가 다음에 무슨 말을 할지 예상하고 있는 중인들은 착잡한 표정을 지었다.

"제 추측에 의하면 영웅문에서 추격대가 출발했을 것입니다. 또한 창파영주가 영웅문주 휘하에 들었다면 영웅문에 제압되어 있는 수천 명의 창파영 고수들도 추격대에 가담했을 것으로 짐작됩니다."

"음……."

누군가 묵직한 신음을 토해냈다.

명보운은 금혈마황을 한 번 힐끗 보고 나서 말을 이었다.

"양쪽의 인원이 어느 정도인지는 정확하게 모르겠지만 대략 미루어 짐작해도 이만 명 이상일 것으로 추정됩니다. 막강한 영웅고수와 천하사대비역의 무극애, 호천궁, 창파영의 고수들이라면 우리 쪽이 감당할 수 없을 것입니다."

한쪽에 마중천과 요천사계의 지휘자들도 있었지만 그들은 감히 대화에 끼어들지 못하는 것 같았다.

명보운은 심관웅과 겸포, 하승우를 차례로 보고 나서 마지막으로 금혈마황에게 시선을 고정시켰다.

"결정을 내려야 합니다."

명보운은 '우리가 싸워야 하느냐 피해야 하느냐'라는 말은 하지 않았다.

금혈마황은 심각한 표정으로 잠시 침묵을 지키며 깊은 생각에 잠겼다.

명보운과 심관웅 등은 금혈마황이 어떤 결정을 내릴지 짐작하고 있지만 아무 말도 하지 않았다.

잠시 후에 금혈마황은 명보운에게 물었다.

"명 군사, 어떻게 하는 게 좋을까?"

"소나기는 피하는 게 상책입니다."

명보운은 생각할 것도 없다는 듯 즉답했다.

금혈마황은 고개를 끄떡였다.

"그렇다면 지금 당장 이곳을 뜨자."

"알겠습니다."

명보운과 심관웅 등이 우르르 일어섰다.

그때 좌중을 울리는 낭랑한 목소리가 들렸다.

"우린 여기서 떠나겠습니다."

금혈마황과 중인들이 그쪽을 쳐다보았다.

주루 창가 끄트머리에 앉아 있던 네 명이 일어나서 이쪽을 보고 있었다.

그들은 이십 대에서 삼십 대 중반까지의 이남이녀이며 마중천과 요천사계 인물들이었다.

겸포가 미간을 좁히며 낮게 외쳤다.

"방금 뭐라고 했느냐?"

"떠나겠다고 말했다."

"뭐야?"

겸포는 와락 인상을 쓰면서 당장 출수할 것처럼 두 손을 들어 올렸다.

네 명 중에서 이십 대 청년이 옆에 서 있는 삼십 대 검고 짧은 수염이 덥수룩한 청년을 가리키며 단단한 어조로 말했다.

"이분은 마중천의 총마령이시오. 예절을 지키시오."

겸포가 방금 거침없이 하대를 했기 때문에 총마령도 하대로 응수했다는 뜻이다.

"이런……."

거칠게 반응하는 겸포를 명보운이 손을 뻗어 만류하면서 마중천 총마령에게 말했다.

"어째서 떠나겠다는 것이오?"

총마령은 키가 크고 어깨가 곰처럼 딱 벌어졌으며 두 팔이 매우 긴데 어깨에 한 자루 커다란 대도를 메고 있다.

"동조(同調)는 깨진 것으로 아오만."

"누가 깨졌다고 했소?"

"영웅문이 두려워서 피하겠다는 것은 동조가 깨진 것이 아니겠소?"

명보운은 어? 하는 표정을 지었다가 마음을 가라앉히고 조용히 말했다.

"그럼 마중천은 피하지 않겠다는 것이오?"

"그런 말은 하지 않았소. 다만 본천은 검황천문과의 동조를 깨고 이제부터 독자적으로 행동하겠다는 것이오."

명보운은 어떻게 하면 좋겠냐는 표정을 지으며 금혈마황을 쳐다보았다.

금혈마황은 영웅문과 한바탕 싸움을 예상하고 있는데 여기에서 마중천이 빠지면 전력에 큰 손실이 생긴다.

금혈마황은 위엄 있으면서도 중후한 얼굴로 말했다.

"마중천으로 돌아가겠다는 것인가?"

"그런 말은 하지 않았습니다."

"그럼 어쩔 셈인가?"

금혈마황의 물음에 마중천 총마령은 입을 굳게 다물고 대답하지 않았다.

그의 행동으로 미루어 총마령은 마중천으로 돌아가지 않을 것 같았다.

명보운은 총마령 옆에 서 있는 두 명의 요천사계 여자에게 물었다.

"요천사계는 어떻게 할 것이오?"

"우리도 독자적으로 행동하겠어요."

두 명의 이십 대 여자 중에서 조금 나이가 많은 이십칠팔 세 정도의 여자가 대답했다.

명보운은 눈을 좁히고 마중천과 요천사계 사람들을 두루 쓸어보며 말했다.

"마중천과 요천사계가 같이 행동하겠다는 뜻으로 들리는데… 그런 것이오?"

"그렇게 말하지 않았어요."

"그대가 요천사계의 요마대랑이오?"

"그래요."

요천사계의 만삼천여 고수들을 총지휘하는 요마대랑이 불과 이십 대 앳된 여자라니 다들 적잖이 놀랐다.

금혈마황은 요마대랑을 보면서 점잖게 물었다.

"너는 염빙과 어떤 관계냐?"

염랑이란 요천사계의 전대 여황인 요천여황 자염빙을 가리키는 것이다.

요마대랑은 금혈마황의 거침없는 하대가 기분 나쁘지 않은 모양이다.

"전대 여황의 제자입니다."

"오… 그래? 몇째냐?"

"맏이 첫째 제자입니다."

금혈마황은 갑자기 반가운 표정을 지었다.

"그럼 네가 금(琴)이냐?"

"그렇습니다, 태부(太父)님."

금혈마황은 오랜만에 듣는 '태부'라는 호칭에 기분이 아삼삼해졌다.

예전에 요천여황 자염빙의 딸들과 제자들이 금혈마황을 태부라고 불렀었다.

금혈마황은 지금이 어느 때라는 것도 잊은 듯 환한 표정으로 두 팔을 벌렸다.

"이리 가까이 오너라, 금아."

요마대랑 초랑금(草郎琴)은 사붓사붓 걸어서 다가와 금혈마황 앞에 두 손을 모으고 섰다.

금혈마황이 초랑금을 마지막으로 본 것은 십오 년 전 그녀가 열두 살 때였다.

금혈마황은 초랑금의 어깨를 어루만지면서 감회 어린 표정을 지었다.

"많이 컸구나."

초랑금은 많이 큰 것이 아니라 많이 아름다워졌다. 그녀는 열두 살 때에도 눈에 띌 만큼 예뻤는데 지금은 스스로 빛날 정도의 극적인 아름다움을 지니게 되었다.

명보운은 금혈마황과 요마대랑이 친분이 있는 것을 보고 그녀가 금혈마황의 말을 거절하지는 않을 것이라고 짐작했다.

요마대랑 초랑금과 그녀의 최측근인 소요미(笑妖迷)가 금혈마황에게 오자 저만치에는 마중천 총마령과 그의 수하 두 명만 우두커니 서 있게 되었다.

금혈마황은 엷은 미소를 짓고 있는 명보운을 보고는 그의 내심을 짐작하고 초랑금에게 넌지시 말했다.

"지금부터 너희는 나하고 같이 행동하자꾸나."

명보운 등은 옳거니 하는 표정을 짓는데, 초랑금의 낭랑한 목소리가 그들의 고막을 울렸다.

"아닙니다. 저희는 따로 행동하겠어요."

"무어라?"

금혈마황은 자신이 잘못 들은 것이라고 생각했다. 초랑금이 그런 말을 할 리가 없기 때문이다.

"방금 뭐라고 말했느냐?"

초랑금은 되바라지지 않은 차분한 표정으로 두 손을 앞에 모으고 말했다.

"본 계는 이쯤에서 검황천문과의 동조에서 벗어나 독자적으로 행동하겠습니다."

금혈마황은 어이없는 표정을 지었다가 불쾌한 듯 뺨을 씰룩거렸다.

"내 말을 거역하겠다는 것이냐?"

초랑금은 어디까지나 공손한 태도를 일관했다.

"거역이라니 당치도 않은 말씀입니다."

"그건 무슨 뜻이냐?"

"제 위로는 세 분의 요후(妖后)와 한 분의 여황(女皇)이 계실 뿐입니다. 그러므로 제게 명령을 내릴 수 있는 분은 그들 네 분이 전부입니다."

금혈마황은 '요것 봐라?' 하는 표정으로 초랑금을 보면서 말했다.

"내가 누군지 잊었느냐?"

"태부께선 전대 여황의 부군이십니다. 단지 그것뿐이지 본계하고는 아무런 연관이 없으십니다."

"허어……."

초랑금의 말을 듣고 보니까 과연 그렇기도 했다. 금혈마황은 전대 여황인 자염빙의 남편일 뿐이지 요천사계에 아무런 지위도 영향력도 없는 신분인 것이다.

그때 마중천의 총마령이 초랑금을 향해 어떤 뜻이 담긴 눈짓을 보냈다. 서둘라는 뜻인 것 같았다.

초랑금은 금혈마황이 뭐라고 말을 하기 전에 두 손을 앞에 모으고 공손히 고개를 숙였다.

"그럼 이만 가보겠습니다."

금혈마황은 물론이고 명보운 등도 초랑금과 총마령 등이 유

유히 객점을 떠나는 것을 지켜볼 수밖에 없었다.

"피하기에는 늦은 것 같습니다."

명보운의 말에 심관웅과 겸포, 하승우는 바짝 긴장했다.

"어떻게 하는 게 좋겠나?"

금혈마황은 작전을 명보운에게 맡긴 것 같았다.

"차라리 함정을 파는 게 좋겠습니다."

겸포가 진중하게 말했다.

"우린 만이천 명뿐이야. 그 인원으로 어쩔 셈인가?"

"그 인원으로 영웅문과 정면 대결 하면 백전백패야. 그래서 함정을 파자는 거지."

"어떻게 말인가?"

명보운은 눈을 반짝거렸다.

"현재 우리 편이 주둔한 곳이 어딘가?"

심관웅과 겸포는 명보운이 이미 계획을 세웠다는 사실을 간파했다.

"이곳 용담마을 동쪽의 들판 아닌가?"

명보운은 회심의 미소를 지었다.

"거길 이용하는 걸세."

명보운은 어쩐 일인지 느긋한 표정이다.

"거긴 장강을 따라서 동서로 길쭉하게 펼쳐진 용평(龍平)이라는 들판이야. 자네, 그곳 특징이 뭔지 아나?"

"특징이 뭔가?"

"땅이 너무 척박해서 농사를 지을 수가 없어. 그냥 황무지로 버려진 땅이야."

"그런데 그게 뭐 어떻다는 거지?"

얘기가 자꾸 산으로 가는 것 같아서 중인들은 조금 지루한 표정을 지었다.

함정을 판다면서 들판 이름이 용평이고 그곳의 땅이 척박한 것이 무슨 상관이 있다는 말인가.

주루 이 층에서 마중천과 요천사계 사람 들은 이미 떠나고 없었다.

창밖을 응시하고 있던 금혈마황이 지나가는 말처럼 나직이 중얼거렸다.

"그러면 잡초가 무성하겠군."

"그렇습니다."

대답하는 명보운의 목소리가 밝았다. 그는 금혈마황이 자신의 내심을 간파했을 것이라고 짐작했다.

그 증거로 금혈마황의 주름지고 흰 수염이 덥수룩한 입에 득의한 미소가 피어났다.

"지금이 늦가을이니까 들판의 무성한 잡초가 모두 누렇게 바싹 말랐을 게야."

"그렇습니다."

명보운은 '그렇습니다'를 연발하면서 맞장구를 쳤다. 누군가 자신의 계획을 알아준다는 사실이 기뻤다. 그래서 늙은 생강이 맵다고 하는 것이다.

금혈마황이 심관웅이나 겸포, 하승우보다는 훨씬 똑똑하고 경륜이 많다는 뜻이다.

금혈마황이 '잡초가 모두 누렇게 말랐다'라고 하는 말에 심관웅과 겸포는 어떤 계획인지 알아차리고 환한 표정을 지었으나 하승우는 파리 잡아먹은 개구리처럼 눈만 끔뻑거렸다.

겸포가 눈치 빠르게 앞질러 나갔다.

"그렇다면 적들에게는 우리가 아직 거기에 있는 것처럼 보여야겠군."

"그렇지."

명보운이 맞장구를 치는데도 하승우는 무슨 얘기를 하는 것인지 이해하지 못했다.

"용평이 꽤 넓으니까 적들을 한가운데로 유인하려면 우리가 가장 깊숙한 곳에 틀어박혀 있어야 해."

그 말에 하승우는 눈을 크게 뜨며 낮게 외쳤다.

"적이 공격을 할 텐데 우리가 들판 한가운데에 틀어박혀 있으면 어쩌자는 것이오?"

아무도 대답을 하지 않자 하승우는 그들을 둘러보면서 더욱 목청을 높였다.

"한가운데 있다가 적들이 포위해서 공격하면 꼼짝없이 떼죽음을 당하고 말 것이오!"

명보운과 심관웅, 겸포 세 사람은 벌레 씹은 표정으로 입을 다물었다.

설명해 줄 가치도 없다는 듯한 표정을 짓고 있는데, 이는 이들 세 명이 평소에도 똘똘 뭉쳐 검황천문 내에서 매우 특별한 대접을 받고 있는 검천태제령들을 틈만 나면 헐뜯고 씹어댔었어서 짓는 표정이었다.

그런 걸 잘 모르는 금혈마황이 하승우를 보면서 끌끌 혀를 차며 핀잔을 주었다.

"너는 어째서 이리도 우매한 것이냐?"

"네? 그게 무슨 말씀이신지……."

하승우는 어리둥절한 얼굴로 금혈마황을 쳐다보았다.

그렇지만 금혈마황은 하승우에게 설명을 해주는 대신 명보운을 재촉했다.

"즉시 실행하게."

신바람이 난 명보운은 지나칠 정도로 허리를 깊숙이 굽혔다.

"명을 받듭니다."

하승우는 자신의 귀를 의심했다.

"뭐라고?"

그는 자신을 주시하고 있는 명보운과 겸포, 심관웅을 둘러보면서 '뭐, 이런 것들이 다 있어?' 하는 듯한 표정으로 그들을 쏘아보았다.

그는 자신의 귀를 의심했다. 명보운 등이 미치지 않고서야 그런 말을 할 리가 없기 때문이다.

조금 전에 명보운은 하승우가 이끌고 있는 태제령수 이천여 명을 용평 즉, 들판 한가운데에 몰아넣자고 말했다.

명보운 말로는 적들이 태제령수들을 공격할 때 자신들이 이끄는 검황천문의 검황고수들이 밖에서 적들을 협공해서 무찌르는 작전이라는 것이다.

말이 좋아서 협공이지 태제령수 이천여 명을 미끼로 쓰자는 것이 아닌가.

하승우는 기가 막혀서 말문이 막혀 한동안 입을 꾹 다문 채 눈알만 굴렸다.

그런 모습을 보고 겸포가 윽박지르듯이 말했다.

"들판 한가운데 가만히 웅크리고 있다가 적들이 공격한다는 신호를 보내면 합공을 하는 것이 뭐가 어렵다고 오만상을 쓰는 것이오?"

하승우는 발끈했으나 목소리를 한껏 깔고 겸포에게 말했다.

"어려운 일이 아니면 당신이 수하들을 이끌고 거기에 들어가 숨어 있지 그러오?"

"아니?"

하승우는 말을 하지 않을 때는 몰랐으나 일단 입을 열자 화가 치밀었다.

"지금 남아 있는 본문의 고수 만칠천여 명 중에서 내 휘하의 태제령수 이천 명이 가장 고강하오. 그런데 그들을 숨어 있게 한다는 말이오?"

명보운이 달래듯이 말했다.

"태제령수들이 가장 고강하니까 안쪽을 맡으라는 것 아니오? 본문의 다른 고수들이 안쪽을 맡았다가는 순식간에 지리멸렬하고 말 것이오."

원래 하승우는 꽉 막힌 상황과 어딘가에 은둔해 있는 상황을 매우 싫어했다.

"태제령수가 최강인데 바깥에서 치고 들어가야지 안에 숨어 있다가 만에 하나 적들이 바싹 마른 들판에 불이라도 지른다면 어쩔……."

거기까지 말했을 때 명보운과 겸포, 심관웅의 표정이 확 변했고, 그것을 본 하승우의 머리가 그제야 트였다.

"이런 빌어먹을 새끼들!"

차앙!

하승우는 버럭 고함을 지르는 것과 동시에 벼락같이 어깨의 검을 뽑아 한 바퀴 빙그르 돌면서 명보운, 겸포, 심관웅을 찌를 듯이 위협했다.

"어헛!"

"무슨 짓이오!"

명보운과 겸포는 움찔하며 급히 뒤로 물러섰다.

하승우는 검을 뻗어 그들을 위협하면서 우렁차게 외쳤다.

"태제령수들은 이자들을 포위하라!"

"어엇!"

"그만두시오!"

명보운 등이 놀라서 다급히 외치고 있는 와중에 태제령수 수백 명이 쏘아와서 명보운과 겸포, 심관웅은 물론이고 한쪽에서 딴청을 부리고 있는 금혈마황까지 겹겹이 포위해 버렸다.

하승우는 검을 뻗은 채 천천히 물러나서 포위한 태제령수들에게 합류했다.

그는 두 눈에서 불을 뿜을 듯이 명보운 등을 노려보면서 상처 입은 맹수처럼 으르렁거렸다.

"나와 태제령수 이천 명을 마른 풀이 무성한 들판 가운데로 몰아넣고 미끼로 삼아서 적들을 유인한 후에 들판에 불을 지를 계획이었느냐?"

"총령! 그 무슨 말도 안 되는 소리요!"

"어허! 흥분을 가라앉히시오!"

명보운과 겸포는 말로 달래려고 하지만 이미 머리꼭지가 돌아버린 하승우는 눈에 보이는 것이 없다.

"아가리 닥쳐라!"

하승우는 입에서 불길을 토하듯이 울부짖었다.

"명보운 네놈이 영웅문을 상대로 어째서 그토록 태연자약한가 의아했었는데, 이제 보니까 그따위 천인공노할 패악을 꾸미고 있었구나!"

자신들의 우두머리인 총령 하승우의 말을 들은 태제령수들은 순식간에 분노해서 당장에라도 명보운 등을 죽일 듯한 기세로 들썩거렸다.

명보운으로서는 착잡하기 이를 데가 없었다. 사실 하승우의 말이 맞았다.

태제령수들을 들판 한가운데로 몰아넣어서 미끼로 삼은 후에 유인한 적들이 모두 들판으로 들어가면 들판 전체에 일제히 불을 지를 계획이었다.

그렇게 하면 태제령수 이천여 명이 불에 타서 몰살당하겠지만 영웅문과 무극애, 호천궁, 게다가 잘하면 추격대인 영웅고수들과 창파고수들까지 한꺼번에 화장시킬 수가 있는 것이다.

태제령수 이천 명이 미끼가 되어 죽으면서 영웅문 전체가 몰살하는 것이다.

하승우는 영웅문이 몰살을 당하든 말든 상관이 없다. 그에게 중요한 것은 태제령수 이천 명이 미끼가 되어 모조리 불에 태워 죽이는 작전을 명보운이 짰다는 사실이다.

하승우는 명보운이 크게 당황하는 것으로 봐서 자신의 말이 틀림없다고 확신했다.

또한 겸포와 심관웅도 알고 있으면서 시치미를 떼고 있었을 뿐만 아니라, 금혈마황까지도 그 사실을 다 알면서 모른 체했다는 사실에 온몸의 피가 다 마를 정도로 격분했다.

"지금 심정 같아서는 네놈들을 모조리 천참만륙 찢어 죽이고 싶지만 태문주에 대한 충정으로 참는다."

"여보게, 총령."

"아가리 닥치라고 했다!"

좌호법 심관웅이 말하는데도 하승우는 목과 이마에 핏대를 세우며 분통을 터뜨렸다. 좌호법이고 나발이고 눈에 보이는 게 없는 것이다.

그의 머릿속에는 오로지 자신의 수하 이천 명의 태제령수들을 보호해야 한다는 일념밖에 없다.

그는 한시바삐 이곳에서 벗어나 태문주를 만나서 이 사실을 보고해야 한다고 생각했다.

하승우 좌우에는 최측근인 좌우통령 즉, 좌통령과 우통령이 서슬이 퍼렇게 지키고 있다.

하승우는 좌우통령에게 전음을 보냈다.

[신속하게 여기에서 철수한다.]

좌우통령은 직속 중령들에게 전음으로 명령을 하달하고 계속 하승우 곁을 지켰다.

스무 명의 중령들은 썰물처럼 대열을 빠져나가 자신들의 휘하를 인솔하러 갔다.

명보운 등은 그 광경을 보고 하승우가 암암리에 철수를 명령한 것이라고 직감했다.

명보운은 하승우가 이렇게까지 강하게 반발할지는 예상하지 못했었다.

명보운과 겸포, 심관웅은 지켜보기만 할 뿐 함부로 나서지 못했다.

지금 분노한 하승우의 눈에는 좌호법이고 뭐고 보이지 않기 때문이다.

그때 심관웅이 짧게 외쳤다.

"태제령수들을 막아라!"

검황고수들에게 명령한 것이다. 태제령수가 이천 명이라지만 검황고수는 만오천여 명에 이른다.

그러므로 태제령수를 막는 일은 어렵지 않다. 그러나 태제령수들이 반항하면 부득이 싸움이 일어날 수밖에 없다. 서로 그 사실을 잘 알고 있다.

"형님……."

명보운과 겸포가 흠칫 놀라서 심관웅을 쳐다보았다. 극단적인 상황으로 치달아 집안싸움이 벌어지는 일만은 막아야 한다는 눈빛이 절절했다.

그러나 심관웅은 끄떡도 하지 않았다. 그도 나름대로 생각이 있다.

자신이 이렇게 강하게 나가면 하승우가 찔끔해서 약세로 전환할 것이라고 예상해서였다.

하지만 하승우는 예상과 다른 말을 내뱉었다.

"가로막는 자는 가차 없이 죽여라!"

심관웅은 움찔하고, 명보운과 겸포는 안색이 하얗게 질렸다. 자칫 잘못하다가는 호미로 막으려다가 가래로 막아도 안

되게 생겼다.

바로 이런 상황에 진천룡 일행은 이곳 현장에 당도했다.

아니, 더 정확하게 말하자면 검황고수들을 제압해서 옷을 벗겨 감춰두고는 자신들이 검황고수로 변신해서 몰래 그들 무리에 섞여든 것이다.

진천룡을 비롯해서 측근 열한 명은 모두 부옥령이 이체변용신공으로 모습을 바꿔주었다.

제압한 검황고수하고 꼭 닮지 않아도 되기 때문에 부옥령은 되는 대로 손 가는 대로 모습을 바꿔주었다.

명보운과 금혈마황, 하승우 등은 모두 주루 앞의 마당에 모여 있었으며, 진천룡 일행은 그곳에서 이십여 장 떨어진 외곽에 검황고수들과 같이 서 있었다.

[들어가 보자.]

진천룡이 전음을 하고 슬며시 걸음을 옮기자 다른 열 명도 슬그머니 무리에서 빠져나와 주루 쪽으로 향했다.

검황고수 만오천여 명은 각 당이나 부별로 몇백 명씩 모여 있는데, 모두들 주루 쪽을 응시하고 있다.

이곳에서 주루 앞마당에서 벌어지는 광경은 보이지 않지만 그들이 고함을 지르고 있었기 때문에 대충 어떤 상황인지는 짐작하고 있는 듯했다.

그렇기에 모두의 표정은 좋지 않았다. 대군사 명보운이 작전을 짰는데, 그 작전이라는 것이, 태제령수 이천 명을 들판 가운데로 몰아넣어서 미끼로 삼아 적을 유인하고, 그다음에 들판에 불을 질러서 적이든 태제령수든 깡그리 태워 죽이는 얼토당토않은 개수작이었기 때문이였다.

아무리 영웅문을 몰살시키려고 혈안이 됐더라도 어떻게 같은 동문의 동료를 이천 명이나 미끼로 삼아서 불태워 죽일 수가 있다는 말인가.

第二百六章

피에 젖은 초원

검황천문 휘하 일만칠천 명은 단체이기 전에 한 사람 한 사람 개인이다.

그들은 다 희노애락과 고통 따위를 느끼는 감정을 지니고 있으므로 동료인 태제령수 이천 명을 희생시킨다는 작전에 공감은커녕 공분을 느끼는 것이다.

그런 상황에 태제령수의 우두머리인 하승우가 철수를 명령했는데, 검황고수들은 그렇게 하는 것이 당연하다고 생각했다.

그런데 좌호법 심관웅이 철수하는 태제령수들을 막으라고 명령했으며, 거기에 반발한 하승우가 가로막는 자는 가차 없이 죽이라고 명령하여 사태가 걷잡을 수 없는 상황이 되고 있는 중이다.

자신들이 미끼가 되어 불타서 죽을 뻔했다는 사실을 알게 되자 태제령수들은 속이 부글부글 끓어 어느 누구라도 자신들을 가로막으면 가차 없이 베어 죽일 마음의 각오가 되어 있었다. 검황고수 중에서도 고수인 태제령수들인만큼 그들을 막긴 힘들 것이었다.

진천룡을 비롯한 열한 명이 주루 앞마당 쪽으로 슬금슬금 이동하고 있을 때 심관웅의 쩌렁한 호통이 터졌다.

"뭣들 하고 있느냐? 당장 포위망을 쳐라!"

검황고수들은 멈칫거리면서 주위를 두리번거렸다. 동료들이 어떻게 하는지 보려는 것이다.

참고로 태제령수들은 붉은 홍의 경장에 역시 붉은색의 견폐(肩蔽:망토)를 두르고 있는 눈에 띄는 복장이라서 검황고수들과 한눈에 구별이 된다.

검황고수로 변신한 진천룡 일행은 주루 앞마당을 포위하고 있는 동료들(?) 속에 섞여들었다.

모두 온 신경을 주루 앞마당에 집중하고 있느라 진천룡 일행에겐 눈길도 주지 않았다.

설혹 눈길을 준다 한들 완벽하게 검황고수로 변신한 진천룡 일행을 이상하게 볼 사람은 아무도 없다.

그런데 태제령수와 검황고수들이 마구 뒤섞여 있기 때문에 포위망을 치라는 심관웅의 명령이 실행될 수가 없는 상황이다.

검황고수와 태제령수들은 애당초 싸울 마음이 없었기 때문에 섞여 있는 것을 핑계로 어영부영하고 있는 중이다. 우두머리들끼리 알아서 해결하라는 뜻이다.

진천룡은 검황고수들 사이에서 주루 앞마당에 모여 서 있는 인물들을 쳐다보았다.

그가 아는 얼굴은 약간 떨어진 곳에 서 있는 금혈마황 한 명뿐이다.

진천룡은 금혈마황을 주시하면서 이제 어떻게 할지 내심 궁리해 보았다.

검황천문 내에 주둔하고 있던 무극애와 호천궁 고수 팔천여 명을 일부러 눈에 띄도록 동쪽으로 떠나게 한 것은 부옥령의 계교였다.

무극애와 호천궁의 고수들이 용담에 있는 검황천문과 마중천, 요천사계 삼만오천여 고수들을 공격하러 가는 것처럼 보이게 하려는 것이었다.

팔천여 명의 무극고수와 호천고수들은 이곳에서 이십여 리 떨어진 탕산 인근에 집결해 있으며, 진천룡이 명령을 내리면 언제라도 달려올 수가 있다.

진천룡 일행이 이곳에 와서 직접 눈으로 보니까 부옥령의 작전이 먹혀든 것 같았다.

정확한 것은 아직 알 수가 없지만 주루 앞마당에서 검황천문 간부급으로 보이는 여러 명이 자중지란을 벌이고 있는 광경이 그것을 증명하고 있다.

진천룡은 지금의 상황을 파악하기 위해서 잠시 더 지켜보기로 했다.

붉은 옷에 붉은 견폐를 두른 고수들이 속속 외곽으로 벗어나고 있는 광경이 보였다.

[무리에서 빠져나가고 있는 자들이 태제령수인 것 같아요.]

삼십 대 청년으로 변신해 옆에 바짝 붙어 서 있던 부옥령이 전음을 보냈다.

소정원과 종초홍도 남자로 변신했으며 진천룡의 옆과 뒤에 딱 붙어 서 있다.

심관웅은 처음에는 위협을 하려고 태제령수들을 막으라고 명령했었다.

그런데 검황고수들이 명령에 따르지 않으며 태제령수들이 속속 빠져나가고 있는 광경을 보면서 화가 치밀었다.

자신이 그래도 대검황천문의 좌호법인데 명령을 들은 척도 하지 않고 있는 것이다.

"호위대는 들어라!"

검황천문의 간부급들은 적게는 열 명에서 많게는 백 명까지 개인 호위고수들을 거느리고 있다.

좌호법인 심관웅은 일명 검황좌위사(劍皇左衛士)라고 불리는 백오십 명의 호위고수를 측근에 두고 있다.

검황고수나 태제령수하고는 또 다른 신분인 검황좌위사들

은 일제히 고개를 숙였다.

"하명하십시오!"

"이곳을 벗어나는 태제령수들을 제지하지 않는 본문의 수하를 즉살(卽殺)하라!"

"존명!"

검황자위사들이 쩌렁하게 외치자마자 장내에 요란하게 무기를 뽑는 음향이 터져 나왔다.

차차차창! 채채챙!

진천룡은 상황이 재미있게 진행되는 것 같아서 팔짱을 턱 끼고 본격적으로 구경하기 시작했다.

그러자 부옥령을 비롯한 측근 모두가 그를 따라서 팔짱을 끼며 느긋한 자세를 취했다.

심관웅의 명령이 떨어지자 무리를 이탈하고 있던 태제령수들이 뚝 동작을 멈추었다.

만약 자신들을 제지한다면 싸워서 뚫고 나가면 그만이지만, 자신들 때문에 애꿎은 검황고수들이 즉살되는 상황이 벌어져선 안 되기 때문이다.

하승우는 심관웅을 쏘아보며 냉랭하게 외쳤다.

"지금부터 벌어지는 일의 책임은 전적으로 각하께서 지셔야 합니다."

심관웅은 어디 해볼 테면 해보라는 식으로 팔짱을 끼고 턱을 치켜들었다.

"무슨 책임을 말하는 건가?"

하승우는 발끈했다.

"모르는 체하지 마십시오!"

심관웅의 미간이 잔뜩 좁혀졌다.

"지금 나한테 화를 내는 것인가?"

"화를 내는 것이 아니라 지금 상황을 얘기하는 겁니다."

"다시 명령하겠다."

심관웅이 호흡을 가다듬고 침착하게 말하자 하승우는 코가 떨어져 나갈 것처럼 냉소를 쳤다.

"흥! 나는 각하에게 명령을 받는 지위가 아닙니다."

그건 하승우의 말이 옳다. 검천태제령수는 별동대이기에 오로지 태문주의 명령만 듣는 것으로 되어 있다.

심관웅은 하승우가 바득바득 기어오르자 심기가 뒤틀릴 대로 뒤틀렸다.

"어쨌든 태제령수들을 빼돌리지 마라. 수틀리면 너는 물론이고 태제령수들 모조리 죽여 버리는 수가 있다."

하승우는 겁을 먹을 법도 한데 결코 꺾이지 않았다.

"해보시지요."

그는 말이 끝나자마자 태제령수들에게 명령했다.

"뭣들 하느냐? 즉각 철수하라!"

심관웅은 더 큰 소리로 외쳤다.

"검황좌위사들은 제지하지 않는 자들을 즉살하라!"

태제령수들이 빠르게 포위망 사이를 빠져나가기 시작했다.

검황고수들은 어쩔 줄 모르고 당황했다.

그러자 검황좌위사들이 검을 움켜쥐고 눈을 부라리며 안으로 뛰어들었다.

상황이 이쯤 되자 검황고수들은 죽기 싫어서라도 태제령수들을 막을 수밖에 없게 되었다.

차차창! 차창!

"멈추시오!"

"움직이지 마시오!"

검황고수들은 일제히 검을 뽑으며 태제령수들에게 파도처럼 덮쳐갔다.

검황고수들이 워낙 많기 때문에 테제령수 한 명에 십여 명 이상 합공하는 상황이 되었다.

진천룡 일행은 포위망의 안쪽에 있고 태제령수들은 포위망 중간에서 외곽 쪽으로 벗어나는 중이기 때문에 행동하지 않고 지켜보기만 해도 괜찮았다.

그렇지만 진천룡은 어째서 이런 일이 벌어지고 있는지 궁금해서 가까이에 있는 검황고수에게 넌지시 물었다.

"형장, 대체 왜 저러는 것이오?"

짧은 수염을 기른 검황고수는 진천룡의 위아래를 훑어보며 가볍게 인상을 썼다.

"보면 모르나?"

삼십 대 후반으로 변신한 진천룡은 빙그레 사람 좋은 미소를 지었다.

"지금 막 바깥쪽에서 들어왔기에 모른다네."

검황고수는 자신이 심하게 말했는데도 진천룡이 미소를 지으며 부드럽게 반응하자 조금 누그러진 표정을 지으며 목소리를 한껏 낮추었다.

"대군사께서 영웅문을 상대하려고 계책을 짜셨는데 그게 태제령수들을 사지에 몰아넣는 거였네."

"대군사가 누군가?"

일개 검황고수에 불과하다면 대군사의 얼굴을 모를 수도 있기에 검황고수는 이상하게 생각하지 않고 사람들 틈새로 명보운을 가리키며 속삭였다.

"저… 기, 말총으로 만든 관을 쓰고 손에 섭선을 쥔 사람이 대군사일세."

"아… 그래."

검황고수는 목소리를 한껏 낮추고는 어째서 지금 같은 상황이 됐는지에 대해서 자세히 설명해 주었다.

그러는 사이에 포위망 중간쯤에서 검황고수들과 태제령수들이 싸움을 시작했다.

콰차차차창!

그렇지만 적을 상대하듯 사생결단을 낼 기세로 치열하게 싸우는 것이 아니라 대강대강 무기만 부딪치면서 함성만 크게 지르고 있는 중이었다.

검황고수의 설명을 다 듣고 난 진천룡은 그의 어깨를 가볍게 두드렸다.

"고맙네."

"뭘. 별거 아닐세."

진천룡은 남자 검황고수로 변신한 청랑과 은조에게 전음으로 명령했다.

[너희 둘, 가서 태제령수 서너 명만 죽이고 와라.]

[네.]

청랑과 은조는 대답과 함께 그 자리에서 스르르 모습이 사라졌다.

그러더니 잠시 후에 이십여 장 떨어진 곳에서 누군가의 애처로운 비명이 터졌다.

"으악!"

"아악!"

다음 순간 사위가 무덤 속처럼 고요해졌다.

검황고수든 태제령수든 다들 검황천문 내에서 한솥밥을 먹고 지내는 동료인 터라서 대강대강 싸우는 척만 했었는데 느닷없이 처절한 비명이 연이어 터졌기 때문에 모두 놀란 것이다.

청랑과 은조는 그쯤에서 그만두면 좋을 텐데, 오랜만에 사람을 죽이는 것이라 신바람이 나서 닥치는 대로 몇 명을 더 죽였다.

쉬이잇!

다들 우두커니 서 있는데 삼십 대의 검황고수 두 명이 표범처럼 날쌔게 사람들 사이를 누비며 태제령수만 골라서 네 명의 심장을 찌르고 목을 베어버렸다.

파파팍!

"크아악!"

청랑과 은조는 추호의 흔적조차 없이 태제령수들을 죽일 수 있지만 지금은 검황고수의 신분으로 그들을 죽이는 것이라서 일부러 동작을 크게 하고 목과 심장을 노렸다.

하지만 검황고수 두 명이 순식간에 태제령수 여덟 명을 죽였다는 사실이 주위의 모두를 경악시켰다.

'아차……!'

청랑과 은조는 다들 뻣뻣하게 굳은 채 자신들을 주시하고 있는 광경을 한발 늦게 발견하고는 낭패의 표정을 지었다.

[어서 돌아와라.]

그때 진천룡의 전음이 들리자 청랑과 은조의 모습이 그 자리에서 스르르… 사라져 버렸다.

그제야 여덟 명의 태제령수들이 앞다투어 지면에 우르르 쓰러졌다.

쿠쿠쿠쿵!

그때 주루 앞마당 쪽에서 명보운의 외침이 들렸다.

"무슨 일이냐?"

정신을 번쩍 차린 검황고수가 황망히 외쳤다.

"아앗! 태… 태제령수들이 죽었습니다!"

심관웅과 하승우 등의 표정이 확 돌변했다.

슈우웃!

그 순간 심관웅과 하승우는 물론이고 명보운과 겸포, 금혈마황까지 허공으로 신형을 솟구쳐 비명이 터진 곳으로 바람처럼 쏘아갔다.

하승우는 허공으로 쏘아가는 중에 이미 태제령수 여러 명이 지면에 피를 흘리면서 쓰러져 있는 광경을 발견하고 머리꼭지가 확 돌아버렸다.

명보운은 하승우가 어떤 명령을 내리기 전에 다급히 외쳤다.

"누구 짓이냐?"

검황고수들은 죽은 여덟 명의 태제령수에게서 썰물처럼 뒤로 물러나는데 그중 몇 명이 더듬거리며 대답했다.

"아… 거… 검황고수였습니다……."

"우리 동료가 그랬습니다……!"

하승우는 비통한 심정을 견디지 못하고 피를 토하듯이 부르짖으며 명령을 내렸다.

"검황고수들을 모조리 주살하라!"

졸지에 동료들을 잃은 태제령수들은 앞뒤 가릴 것 없이 검을 뽑으며 분노에 찬 호통을 터뜨렸다.

"죽여라!"

"원수를 갚자!"

그때 허공에서 누군가의 우렁찬 사자후가 터졌다.

"멈춰라!"

얼마나 큰 외침인지 허공과 지상이 동시에 웅웅 울리고 지상의 사람들은 신음을 흘리며 비틀거렸다.

*　　　*　　　*

사자후를 지른 사람은 금혈마황이었다.

그는 허공중에 우뚝 선 채로 지상을 굽어보면서 우렁찬 목소리로 말했다.

"대군사의 계획은 없던 일로 하겠다!"

태제령수들을 미끼로 삼아서 적을 들판으로 유인한 다음에 불을 지른다는 명보운의 계획을 백지화한다는 것이다.

그런데도 명보운은 아무 말도 못 했다. 자신이 짠 계획 때문에 지금 이 상황이 돼버렸기 때문이다.

태제령수 여덟 명이 죽어 있는 지상에는 고수들이 뒤로 물러나 텅 빈 상태가 되었다.

금혈마황은 위엄 있게 외쳤다.

"누가 이들을 죽였느냐? 나서라!"

그러면서 그는 주위를 날카롭게 훑어보았다. 그는 검황고수들이 순식간에 태제령수를 여덟 명이나 죽였다는 사실이 쉽게 믿어지지 않았다.

여덟 명의 태제령수를 죽이려면 최소한 삼십여 명의 검황고수들이 손을 써야만 한다.

더구나 삼십여 명의 검황고수들이라고 해도 순식간에 여덟 명의 태제령수를 죽이는 것은 불가능하다.

금혈마황은 살인자가 누군지 나서라고 해도 나서지 않을 것이라는 사실을 짐작하고 있기에 과연 누가 미세하게라도 움직이는지 간파하려는 것이었다.

그런데 금혈마황이 아무리 빠르고 예리하게 주위를 살펴봐도 움직임이 전혀 감지되지 않았다.

그렇다고 지금 이곳에만 수천 명이 운집해 있는데 검황고수들을 일일이 한 명씩 살펴볼 수는 없는 일이다.

살인자가 누군지 알아내는 일이 쉽지 않을 것이라고 판단한 금혈마황은 생각을 바꾸었다. 분열된 지금 상황을 한시바삐 수습해야만 된다.

그는 지상으로 하강하면서 명보운과 심관웅, 겸포, 그리고 하승우에게 전음을 보냈다.

[침입자가 태제령수 여덟 명을 죽인 것 같다. 침입자를 찾아낼 방법이 없겠는가?]

명보운을 비롯한 네 명의 표정이 가볍게 변했다. 그들이 주위를 둘러보려고 할 때 금혈마황의 전음이 다시 들렸다.

[두리번거리지 말고 방법을 강구하라.]

명보운이 즉각 전음으로 대답했다.

[대열을 조직과 최소 단위별로 정리하면 됩니다.]

금혈마황은 가볍게 고개를 끄떡였다.

[태제총령과 총부주는 전체 수하들의 대열을 정리하라.]

대열을 정리하라는 것은 각 부서와 조직, 단위별로 헤쳤다가 모으라는 것이다.

태제령수들과 검황고수들은 최소 단위가 각 조이고 그 위가 향, 부나 당이기 때문에 그들이 조직 단위로 모이게 되면 외부인 즉, 침입자가 누구인지 즉각 드러나게 될 것이다.

하승우와 겸포가 서로 눈짓을 주고받더니 한순간 우렁차게 외쳤다.

"모두 각 부서와 단위별로 집합하라!"

"사십팔 태제는 각 태제별로 집합하라!"

원래 사십팔 태제의 총원은 육천여 명이었으나 여러 차례에 걸친 출정과 싸움으로 절반 이상이 소멸되고 현재의 이천여 명만 남았다.

태제령수들과 검황고수들은 명령이 떨어지자마자 일사불란하게 움직여 자신들이 속한 부서를 찾아갔다.

스사사사삭!

당연하게도 진천룡 일행은 졸지에 이런 상황에 직면하여 어찌해 볼 방법이 없었다.

진천룡 일행은 하나같이 절대고수 수준이라서 조금 전에 금혈마황의 전음을 모두 들었었다.

그러나 상황이 너무 촉박해서 어떻게 대처해야 할지 겨를이 없었다.

부옥령과 청랑, 은조 등이 진천룡을 쳐다보았다. 뭐라도 명령을 내리라는 뜻이다.

일이 이쯤 됐으면 자리를 피하는 것 즉, 도망치는 것이 최선책이다.

진천룡 일행이 도망치려고 마음만 먹으면 아무도 추격하지 못할 것이다.

정체가 드러나지도 않는다. 수직으로 솟구쳤다가 어풍비행으로 사라지면 유령인지 알 터이다.

그런데 바로 그때 누군가의 외침이 터졌다.

"총부주! 마중천과 요천사계가 신비세력과 싸우고 있습니다!"

총부주 겸포가 우렁차게 외쳤다.

"누구냐?"

수천 명 무리의 외곽에서 다급한 외침이 터졌다.

"속하는 탐라부 수하입니다!"

"길을 터라!"

그 순간 외침이 들려온 방향으로 검황고수들이 썰물처럼 물러나며 일 장 폭의 통로를 만들었다.

그리고 그 통로로 한 명의 고수가 쏘아왔다. 검황천문의 탐라부 고수다. 먼 길을 달려왔는지 숨이 턱에 찼다.

진천룡은 이동하는 무리를 따라 움직이는 체하면서 탐라고수의 말에 귀를 기울였다.

"말하라!"

겸포의 말에 탐라고수가 예를 취할 새도 없이 가쁜 숨을 몰아쉬며 보고했다.

"마중천과 요천사계를 감시하고 있었는데 그들은 흩어지지 않고 모여서 서쪽으로 향하고 있었습니다!"

"누가 그들을 공격했다는 것이냐?"

"영웅문이냐?"

질문이 마구 쏟아졌다.

"어떤 세력인지는 모르지만 영웅문은 아닙니다. 영웅문은 아직도 백오십여 리 동쪽에서 이곳으로 오고 있는 중입니다!"

그 말을 듣고 진천룡 등은 지금 이쪽으로 오고 있는 영웅고수들과 창파고수들이 탐라부의 감시를 받고 있다는 사실을 알게 되었다.

"어떤 상황이냐?"

"신비세력이 마중천과 요천사계를 파죽지세로 격멸하고 있는 중입니다. 신비세력 고수들의 무공이 월등히 고강하여 마중천과 요천사계는 상대가 되지 않습니다. 오래지 않아서 전멸당할 것 같습니다!"

"신비세력이라니! 특징이 있을 것이 아니냐?"
"그들의 특징이 무엇이더냐? 기억을 떠올려라!"
빗발치는 질문에 탐라고수는 전전긍긍하면서 비지땀을 흘렸지만 대답을 하지 못했다.
금혈마황이 다른 것을 물었다.
"신비세력은 수가 얼마나 되느냐?"
"모르겠습니다… 워낙 많아서……."
"밥통! 탐라고수가 적의 수를 헤아리지 못하느냐?"
탐라고수는 쩔쩔맸다.
"마중천과 요천사계보다 몇 배 많은 것은 분명합니다……!"
"몇 배?"
금혈마황 등이 그 자리에서 얼어붙었다.
검황천문과의 연합을 깨고 떠나 버린 마중천과 요천사계를 공격하고 있는 신비세력이 그들보다 몇 배나 많다니 선뜻 가늠이 되지 않았다.
듣고 있는 부옥령이 진천룡에게 전음을 했다.
[천군성 같아요.]
[내 생각도 그렇다.]
강북땅 하남성 낙양에 있어야 할 천군성이 어째서 강남땅 남경 근처에 나타났는지는 모르지만 여러 상황으로 미루어 봤을 때 천군성이 분명했다.
그 외엔 그 정도로 거대한 세력이 없으며, 천군성만이 마중천과 요천사계를 파죽지세로 격멸할 정도의 실력이 있었기 때문이다.

금혈마황 등도 그 생각을 해내겠지만 그러려면 시간이 걸릴 것이다.

[가자.]

진천룡의 전음이 떨어지자마자 일행은 유령처럼 그 자리를 벗어났다.

탐라고수의 보고가 끝난 직후에도 금혈마황은 여덟 명의 태제령수를 죽인 암중의 살인자를 찾아내는 일을 계속 진행했다.

진천룡 일행이 사라졌지만 아무도 감지하지 못했다.

검황고수들과 태제령수들을 부와 당, 향, 조 단위까지 일일이 나누었으나 암중의 살인자를 찾아내지 못했다.

쉬이이—

지상에서 이십여 장 높이의 허공을 어풍비행으로 쏘아가는 진천룡의 속도는 갈수록 빨라졌다.

부옥령은 전속력으로 쏘아가는데도 시간이 갈수록 진천룡과의 거리가 벌어지자 적잖이 놀라게 되었다.

'이럴 수가… 저분이 나보다 더 고강했었다니…….'

부옥령은 진천룡이 자신보다 반 수 아래일 것이라고만 여겼었는데 지금 보니까 오히려 진천룡이 자신보다 반 수 정도 고수가 분명했다.

다른 것은 볼 필요가 없다. 경공 하나만 보면 진천룡의 공력이 어느 정도인지 즉시 짐작할 수 있다.

또 한 가지, 부옥령은 진천룡이 어째서 이토록 빠르게 쏘아가고 있는지 이유를 알고 있다.

설옥군 때문이다. 천군성이라면 설옥군도 왔을 것이라고 짐작하는 것은 당연하다.

그녀가 떠난 후부터 진천룡이 얼마나 그녀를 그리워했는지 부옥령은 잘 알고 있다.

진천룡이 사랑하는 여자는 설옥군뿐이다. 물론 그는 부옥령도 사랑하지만 설옥군에게 향한 사랑과는 비교하는 것 자체가 어불성설이었다.

부옥령은 천군성이 어째서 이런 곳에 불쑥 나타났는지에 대해서 생각했다.

'천하대계를 개시한 것인가……?'

부옥령의 머리에는 천군성 좌호법 시절, 천하대계에 대한 계획의 밑그림이 그려지고 있었다.

정확한 시기와 구체적인 사항은 정하지 않았지만 때가 무르익으면 천하대계를 개시한다는 계획이었다.

물론 그 시기가 언제인지는 몰랐었고 그 배후에는 성신도가 버티고 있었다.

'성신도가 전면에 나선 것인가?'

천하사대비역의 성신도는 천군성을 세운 배후 세력이다.

부옥령은 성신도에 대해서 구체적으로 모르지만 무극애와 호천궁, 창파영을 모두 합친 것보다 강할 것이라고만 막연히 짐작하고 있다.

부옥령은 백여 장 이상 앞서 쏘아가고 있는 진천룡에게 전음을 보냈다.

[주인님! 같이 가요!]

그러나 진천룡은 뒤를 한 번 힐끗 돌아보았을 뿐 속도를 줄이지 않았다.

'저기다!'

진천룡의 눈이 번쩍 뜨여졌다.

그가 쏘아가고 있는 저만치 전방의 지상에서 싸움, 아니, 대규모 전투가 벌어지고 있었다.

검황천문 고수들이 운집해 있는 곳에서 동쪽으로 삼십여 리쯤 떨어진 곳이었다.

장강 강변의 드넓은 평야와 몇 개의 야산이 있는 지역이며, 눈에 보이는 거의 모든 지역에서 치열한 싸움이 벌어지고 있었다.

'옥군, 어디에 있소?'

진천룡의 눈은 빠르게 전쟁터 곳곳을 빠르게 훑었다. 천리신안이라는 신통한 수법을 발휘하면 풀숲에 숨어 있는 개미 한 마리조차도 큼직하게 또렷이 보인다.

진천룡은 지상에서 이십여 장 높이 하늘을 이리저리 빙빙 선회하며 눈을 부릅뜨고 지상을 살펴보았다.

그가 찾는 사람은 오로지 설옥군 한 명뿐이다. 지상에서 누가 무엇 때문에 싸우건 그런 것은 알 바가 아니고 알고 싶지도 않다.

처음에 그는 싸우는 곳 즉, 싸움터를 살폈으나 잠시가 지나자 싸움터에서 동떨어진 곳을 살피기 시작했다.

천군성주인 설옥군이라면 싸움에 직접 가담하지 않고 싸움터를 한눈에 굽어볼 수 있는 뚝 떨어진 장소에서 지휘를 하고 있을 것이기 때문이다.

싸움터 범위가 워낙 넓기 때문에 진천룡은 수 리를 크게 선회면서 아래를 살폈다.

'옥군은 없는 것인가?'

싸움터 전체를 몇 번이나 선회하며 살폈지만 설옥군을 찾지 못하자 진천룡은 초조해졌다.

'혹시 천군성이 아닌가?'

그제야 그는 싸움터를 자세히 살펴보았다.

한눈에 봐도 누가 약하고 누가 강한지 구별할 수 있을 정도로 싸움의 판세가 극명했다.

마중천 고수와 요천사계 고수들은 평소의 복장이 아닌 변복을 했는데도 흑색과 붉은색 위주의 옷차림에 무기는 각양각색 여러 종류를 사용했다.

너절한 복장이고 사용하는 무공과 무기도 각양각색이라서 통일되지 않았다.

반면에 그들을 일방적으로 주살하고 있는 세력은 밝은 계통의 옷차림에 모두 검을 사용하고 있으며 전개하는 검법은 간결하고 위력적이었다.

공격하는 세력의 고수들 절반은 포위망을 형성하고 있으며, 다른 절반은 포위망 안쪽에서 적들을 주살하고 있었다.

'천군성이 맞다……!'

진천룡은 천군성 고수를 본 적이 없지만 본능적으로 검을 사용하는 고수들이 천군성이라고 확신했다.

'그렇다면 옥군은 오지 않은 것인가?'

그럴 수도 있다. 천군성 고수들이 대거 출정했다고 해서 꼭 천군성주가 있어야 한다는 법은 없다.

힘이 빠진 진천룡은 들판이 한눈에 내려다보이는 어느 야산의 높은 봉우리에 내려섰다.

그러고서도 그는 눈이 빠져라 싸움터를 살펴보는 것을 게을리 하지 않았다.

*　　　*　　　*

뭉클!

설옥군은 심장을 꽉 쥔 것처럼 오그라드는 강렬한 느낌을 받았다.

저 아래 야산의 가장 높은 봉우리에 진천룡이 혼자 서 있는 모습을 발견했기 때문이다.

지금 설옥군은 지상에서 오십여 장 높이 허공에 혼자 표표히 떠서 아래를 굽어보고 있는 중이다.

진천룡을 떠난 이후 그에 대한 그리움은 그보다 크면 컸지 결코 작지 않았었다.

단 하루, 아니, 한순간도 진천룡을 생각하지 않았던 때가 없었던 설옥군이었다.

第二百七章

옥군!

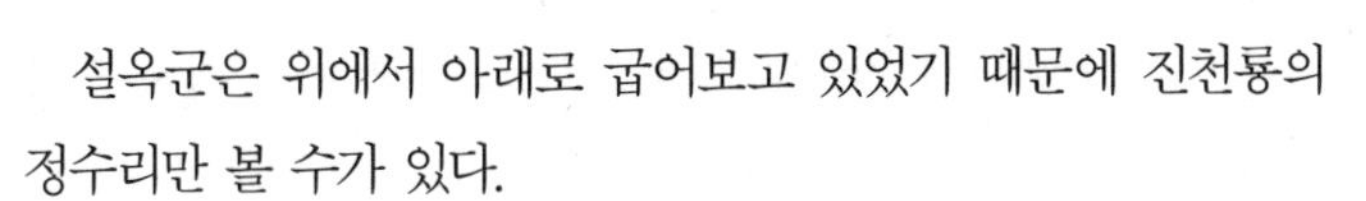

설옥군은 위에서 아래로 굽어보고 있었기 때문에 진천룡의 정수리만 볼 수가 있다.

오십여 장 까마득한 허공에서 정수리만 보여도 설옥군은 진천룡을 한눈에 알아볼 수가 있었다.

설혹 진천룡이 죽어서 한 줌의 재가 된다고 해도 그를 알아볼 수 있는 설옥군이다.

설옥군의 눈에는 다른 사람들이 보지 못하는 진천룡만의 후광이 보이기 때문이다.

그것은 아마도 사랑의 후광일 것이다. 오로지 설옥군 혼자만 느끼고 볼 수 있는.

과거에 자신이 천상옥녀였다는 기억을 되찾게 된 설옥군의 가슴 속에는 현재 두 개의 뚜렷한 목적이 아로새겨져 있다.

하나는 진천룡과 사랑의 결실을 맺는 것 즉, 그와 부부가 되어 백년해로하는 것이다. 그것은 한시도 잊어본 적이 없는 뚜렷한 목적이다.

그리고 또 하나는 천하제패의 오랜 숙원이다. 그것은 원래 성신도의 선조 대대로 이어져온 숙원이었으나 지금은 그녀의 개인적인 야망이 되었다.

과거의 기억을 모두 되찾은 직후의 그녀의 머릿속에는 진천룡에 대한 기억과 사랑은 희박하고 천하대계의 야망이 훨씬 강력했었다.

이 년여 동안 기억을 깡그리 잃은 채 살다가 어느 순간 과거의 기억을 한꺼번에 되찾았기 때문에 진천룡과의 새로운 기억이 힘을 잃었던 것이다.

그래서 설옥군은 진천룡 곁을 추호의 미련도 없이 떠났던 것이었다.

그에게는 천하대계를 완성한다는 크고 뚜렷한 목적이 있었기 때문이다.

그런데 이상한 현상이 일어났다. 진천룡을 떠나 천군성으로 돌아간 이후 그녀는 날이 갈수록 진천룡에 대한 그리움이 커지는 것을 어쩌지 못했다.

진천룡이 아무것도 아니라고 여겼는데 어느 날 그가 설옥군의 전부가 돼버린 것이다.

그렇다고 해서 천하대계에 대한 야망이 작아진 것은 아니다. 야망이 커지는 것보다 그리움이 점점 더 커지더니 어느 날인가 둘이 같은 크기가 돼버렸다.

원래 야망이나 사랑 같은 것은 한계가 없이 한없이 커지는 불가사리 같은 것이다.

그래서 지금의 설옥군에게 천하대계는 숙원이고 진천룡은 숙명이다.

숙원과 숙명. 둘 중에 어느 것도 버릴 수가 없는 그녀다. 숙원은 삶의 의미이고, 숙명은 삶의 지표인 것이다.

이제 설옥군은 바야흐로 숙원인 천하대계를 개시했다. 성신도나 천군성이 아닌 천군성주 천옥성녀로서 천하를 제패하고 나면 그제야 비로소 홀가분하게 진천룡을 만나러 갈 것이다.

그러므로 지금은 때가 아니다. 반년이 걸리든 일 년이 걸리든 천하대계를 이룩하는 날. 설옥군은 모든 것을 훌훌 벗어버리고 진천룡에게 달려갈 것이다.

'천룡…….'

그런데…….

천하대계가 먼저라고, 그 무엇보다도 우선한다고 다짐했는 설옥군은 진천룡을 보면서 가슴이, 아니, 심장이 손으로 거세게 움켜잡혀서 한없이 수축되는 듯한 격한 감정을 느끼고 있었다.

설옥군은 지금 진천룡이 무엇을 하고 있는지 짐작하고도 남음이 있다.

그는 지금 그녀를 찾고 있는 것이리라. 여기저기 싸움터를 둘러보면서 두 주먹을 꼭 쥐고 있는 그의 간절한 심정이 설옥군에게 고스란히 전해졌다.

그래서 그녀는 단단하게 수축된 심장이 그대로 터져버릴 것만 같은 아픔을 느꼈다.

'천룡… 나는…….'

그가 너무도 그리워서 질식할 것만 같았다. 그의 앞에 내려서 그의 품에 안기고 싶었다.

이대로 잠시만 더 있다가는 숨을 쉬지 못해서 죽을 수도 있다는 생각이 들었다.

[도주.]

바로 그때 누군가의 가라앉은 조용한 전음이 설옥군의 고막을 흔들었다.

전음은 설옥군의 머리 위 수십 장 허공에서 들려왔다.

그곳 커다란 구름 위에 거대한 대붕 한 마리가 떠 있으며, 그곳에 두 사람이 타고 있다.

전음을 보낸 사람은 대붕에 타고 있는 두 사람 중에 십오 세 정도의 귀엽고 아리따운 소녀 쪽이였다.

자운은 성신도의 우호도신(右護島神)이라는 신분인데 진천룡이 임독양맥 소통과 벌모세수, 환골탈태를 시켜주어 공력이 화경에 이르러 십오 세 소녀로 반로환동을 했었다.

설옥군은 진천룡에게 시선을 한 번 더 주었다가 어깨를 가볍게 흔들어 수직으로 솟구쳤다.

스읏…….

그녀는 구름을 뚫고 솟구쳐서 신대붕인 소천의 등에 살며시 올라앉았다.

소천의 등은 웬만한 방의 절반 크기다. 푹신한 호피가 깔려 있으며 앉은뱅이 의자가 세 개 놓여 있는데 그곳에 두 명 자운과 화백이 나란히 앉아 있다.

소천은 아주 높이 떠 있었고 그 아래로는 구름이 가려져 있어서 자운은 아직 진천룡을 발견하지 못했다.

자운과 화백의 뒤에 푹신한 의자가 있는데 그곳에 설옥군이 앉았다.

자운은 뒤돌아보면서 공손히 말했다.

"이곳은 거의 마무리됐어요."

자운은 설옥군의 안색이 좋지 않은 것을 발견했지만 그다지 신경 쓰지 않았다.

왜냐하면 지금 자운의 온 신경은 진천룡에게 집중되었기 때문이다.

이곳에 오면 진천룡을 만날 수 있다는 기대가 그녀의 가슴을 한껏 부풀게 했다.

그런데 자운은 자신이 타고 있는 소천 아래에 진천룡이 있다는 사실을 알지 못했다.

구름이 가려져 있기 때문이다. 구름 아래 야산의 봉우리에 진천룡이 서 있다는 사실을 알았다면 자운은 어떤 행동을 취했을지 모른다.

설옥군은 상체를 옆으로 숙여 아래를 보려고 했으나 구름 때문에 보이지 않자 몸을 의자에 눕히며 실망하는 표정을 역력하게 떠올렸다.

'천룡, 우리 조금만 더 기다려요.'

설옥군은 눈물을 삼키며 내심 중얼거렸다.

그녀의 더없이 아름다운 얼굴에 슬픔이 노을처럼 깔렸다.

자운은 설옥군을 돌아보면서 명령을 기다렸지만 그녀는 다른 곳을 응시하고 있을 뿐이다.

자운은 한시바삐 이곳을 벗어나 진천룡이 있는 곳으로 가고 싶은 생각뿐이다.

자운은 진천룡이 검황천문을 장악하고 그곳에 있는 것으로 알고 있다.

검황천문에 잠입해 있는 천군성의 첩자가 그렇게 알려줬기 때문이다.

그래서 설옥군도 진천룡이 검황천문에 있을 것이라고 믿어 외곽에 있는 검황천문 세력을 괴멸시킬 작정이다.

검황천문에 있는 천군성의 첩자는 진천룡 일행의 구체적인 일정에 대해서는 알지 못했다.

설옥군은 천하대계의 길에서 진천룡이 걸림돌이 될 것이라고는 생각하지 않았다.

자신이 천하를 제패할 것이라고 말하면 진천룡은 언제라도 양보하거나 그녀의 뜻에 기꺼이 따라줄 것이라고 믿었다.

그래서 천하대계의 마지막까지 진천룡과는 부딪치지 않는다는 생각으로 모든 계획을 짜두었다.

설옥군은 아래에서 시선을 거두고 명령을 내렸다.

"가자."

부옥령에 이어서 측근들이 진천룡 주위에 속속 도착했다.

진천룡은 측근들에겐 눈길도 주지 않은 채 저 아래 싸움터를 망연하게 바라보고 있을 뿐이다.

부옥령과 청랑, 은조, 훈용강 등을 제외하면 취봉삼비와 소정원, 종초홍, 그리고 감후성은 진천룡이 왜 우울한 표정을 짓고 있는 것인지 이해하지 못했다.

평야에서의 싸움은 거의 끝나가고 있었다. 마중천과 요천사계 고수들은 절반 이상이 핏물 속에 쓰러져 있었다.

천군성은 원래 포위망을 형성하고 있었으나 지금은 포위망의 북쪽이 뚫려서 그곳으로 마중천과 요천사계의 고수들이 도주하고 있었다.

그러나 그들이 포위망을 뚫은 것이 아니라 천군성이 한쪽을 열어준 것이다.

마중천과 요천사계의 주력을 충분히 괴멸시켰다고 판단했기 때문이다.

또한 천군성은 도주하는 적을 추격해서 주살하지 않는 것으로 잘 알려져 있었다.

피로 얼룩진 평야에 쓰러져 있는 마중천, 요천사계 고수들 수는 무려 육천여 명에 달했다.

이미 죽은 자가 태반이고 죽지 않은 자들도 있지만 천군성 고수들은 그들을 찾아다니면서 일일이 죽이지 않았다.

특별한 일이 없는 한 천군성은 상대가 패색이 짙으면 더 이상 핍박하지 않는다. 그러는 것이야말로 정파의 정정당당한 행동이다.

봉우리에는 진천룡을 중심으로 측근들이 다 모였다.

감후성은 공력이 제일 낮기 때문에 어풍비행을 전개하지 못해 양쪽에서 청랑과 은조가 팔을 잡아주어 여기까지 뒤처지지 않고 날아왔다.

'천군성이라고? 천군성이 어째서 마중천과 요천사계 고수들을 괴멸시킨 것인가?'

감후성으로서는 상황이 어떻게 돌아가고 있는지 종잡을 수가 없다.

그렇다고 주위의 누구에게 물어볼 수도 없는 노릇이다. 그는 문득 자신이 외톨이라는 생각이 들었다.

그는 진천룡 뒤쪽에서 두리번거리고 있다가 종초홍과 눈이 마주쳤다.

감후성은 종초홍의 표정으로 봐서 그녀도 자신 같은 심정인 것을 느꼈다.

천군성 고수 즉, 천군고수를 이끌고 있는 우두머리는 동천주(東天主)이다.

천군성에는 내성(內城)에 천군칠천이 있으며 외성(外成)에 천외오전이 있다.

지금 이곳에 있는 천군고수의 수는 만오천여 명이며 천외오전의 삼전과 천군칠천의 이천이다.

천외오전은 천군성 외곽과 강북무림 이십칠 개 지부, 강남무림 십오 개 지부를 관할하고 있으며 평균 일류고수 중급 이상의 무위를 지녔다.

천외칠군은 천군성 내성에 있으며 동서남북과 상, 고, 중 도합 일곱 개의 천군(天軍)이다.

천군칠천의 최고는 상천(上天)이며 성주인 설옥군의 직속이고, 그 다음이 고천(高天)이고 부옥령 직속이며, 다음은 중천(中天)으로 우호법 백호도신 담제웅 직속이다.

상천과 고천, 중천을 제외하면 동서남북 중에서 동천이 가장 막강하고, 현재 이곳의 우두머리가 동천주인 것이다.

동천주 백강조(白江祚)는 측근들의 보고를 듣고 있는 중이다.

천군성은 전사자가 백오십칠 명이고, 마중천과 요천사계 전사자는 삼천칠백오십사 명이다.

"적의 부상자 이천오백여 명은 원칙대로 무공을 폐지한 후에 놓아주겠습니다."

동천 부천주가 정중하게 말하자 백강조는 고개를 끄떡였다.

천군성은 부상자를 죽이지 않고 무공을 폐지한 후에 놔주는 것을 원칙으로 하고 있었다.

부천주가 다시 말했다.

"전열을 정비한 후에 출발하겠습니다."

"좌군(左軍)과 후군(後軍)의 위치는 파악했는가?"

"좌군은 무극애와 호천궁 고수들을 향하고 있으며, 후군은 창파영과 영웅문 고수들을 향해 진격하고 있습니다."

이번에 천군성은 모두 삼군(三軍)을 편성했으며, 좌군, 우군, 후군이 그것이다.

동천주 백강성이 이끄는 우군은 마중천과 요천사계를 괴멸시킨 후에 다시 진격하여 금혈마황이 이끌고 있는 검황천문을 토벌하는 것이 목적이다.

우군은 만오천여 명의 마중천과 요천사계 대군을 괴멸시키면서 불과 백오십칠 명의 전사자만이 발생했다.

부천주가 물러가자 백강조는 뒷짐을 지고 이리저리 거닐면서 검황천문 고수들을 어떻게 상대해야 할지에 대해서 생각을 정리했다.

천군성이 천하대계로 나서면서 상대해야 할 적은 검황천문과 천하삼대비역 즉, 무극애, 호천궁, 창파영, 그리고 마중천과 요천사계였다.

그들 중에 어느 적이라고 해도 결코 호락호락하게 볼 수 없는 상대다.

마중천과 요천사계가 자신들의 본거지를 떠나 이렇게 멀리 나와 있지 않았더라면, 그리고 오랜 행군으로 심신이 매우 지치지 않았다면 이처럼 쉽게 괴멸시키지 못했을 것이다.

또한 강남무림의 절대자인 검황천문을 영웅문이 여러 차례에 걸쳐서 공격하여 만신창이를 만들어놓지 않았다면, 천군성은 천하대계를 시작하지 못했을 것이다.

스으으…….

백강조 뒤로 한 무더기 희뿌연 그림자가 추호의 기척 없이 나타나고 있는 것을 백강조는 물론이고 주위에 있는 측근이나 참모들 아무도 감지하지 못했다.

백강조는 오락가락하던 걸음을 멈추고 멀리 평야 끝을 보면서 생각에 골몰한 모습이다.

"강조."

"……!"

바로 그때 백강조 뒤에서 누군가 그의 이름을 부르자 그는 흠칫 놀라 급히 돌아서며 공격할 태세를 갖추었다.

아니, 적이 급습하는 것이라고 판단하여 몸을 돌리는 것과 동시에 상체를 옆으로 쓰러뜨리면서 쌍장을 뿜어냈다.

큐웅!

그러나 백강조는 자신이 이백 년 공력으로 발출한 쌍장이 발출하자마자 흔적도 없이 사라지는 것을 느끼고 흠칫 놀랐다.

뿐만 아니라 적의 불의의 급습을 피하려고 옆으로 몸을 쓰러뜨리면서 날렸는데 마치 보이지 않는 줄에 꽁꽁 묶인 것처럼 꼼짝도 하지 않았다.

그러나 다음 순간 백강조는 자신 앞에 네 사람이 표홀히 서 있는 것을 발견하고 크게 놀랐다.

"당신들은……."

* * *

백강조 전면 이 장 거리에 나란히 서 있는 사람은 진천룡과 부옥령, 청랑, 은조다.

네 사람은 방금 하늘에서 하강한 선남선녀 같은 모습을 하고 있었다.

백강조로서는 처음 보는 얼굴들이라서 의아한 표정과 경계하는 자세를 취했다.

그는 자신의 방금 일장을 네 사람 중에 누군가 말끔하게 해소시켰을 뿐만 아니라, 몸을 날린 그를 움직이지 못하게 꽁꽁 묶었다는 사실을 상기하고 바짝 경계하여 조심스럽게 물었다.

"귀하들은 누구요?"

"나다, 강조."

"……!"

백강조는 흠칫 놀라서 눈을 크게 뜨고 방금 말한 부옥령을 쏘아보았다.

백강조는 이날 이때까지 천하에서 가장 아름다운 여자는 천군성주인 천상옥녀 한 사람인 줄 알았다.

그런데 방금 말한 눈앞의 여자는 가히 천상옥녀와 비견될 정도의 절대미녀였다.

세상천지에 백강조의 이름을 거침없이 부르는 사람은 그의 가족과 천군성 좌호법인 흑봉검신 부옥령뿐이었다. 천군성주조차도 그의 이름을 부르지 않고 지위를 부른다.

그의 가족 중에서도 부모와 형과 누나가 이름을 불렀으나 그가 어른이 되고 천군성의 동천주라는 어마어마한 신분이 되자 그를 존중해서 절대로 이름을 부르지 않게 되었다.

그러므로 세상천지에 그의 이름을 부르는 사람은 오로지 한 명 부옥령뿐이다.

그렇지만 지금 백강조 눈앞에 서 있는 사람들은 한 명의 준수한 청년과 절세가인인 어린 소녀 세 명이다.

그의 이름을 거침없이 부르던 천군성 좌호법 부옥령과 닮은 여자는 한 명도 없다.

그런데 지금도 백강조 귓전에 맴도는 '나다, 강조.'라는 목소리는 부옥령의 그것이 분명하다.

그가 알고 있는 부옥령이 이십오 년쯤 젊어졌다면 말이다. 목소리의 뿌리는 변하지 않기 때문이다.

백강조의 목소리가 떨렸다.

"혹시……."

그의 머릿속에는 사십 대의 부옥령 모습이 그려져 있다.

"그래. 나다."

백강조는 눈빛이 크게 흔들렸다. 그는 눈을 껌뻑이면서 떨리는 목소리로 입을 열었다.

"각하이십니까……?"

"너는 나를 그렇게 불렀느냐?"

"죄… 송합니다."

백강조는 상대가 누군지 확인하고 기쁘면서도 면구스러운 표정을 지었다.

그는 앞으로 한 걸음 나서며 반가운 표정을 지었다.

"존하(尊下), 심득하셨습니까?"

그는 예전에 부옥령을 존하라고 호칭했다. 다른 사람은 다들 각하라고 불렀어도 그만은 존하를 고집했다.

그로서는 각하보다 존하가 더 고귀한 존칭이라고 여겼기 때문이었다.

백강조의 얼굴에는 반가움과 기쁨이 가득 떠올랐다. 사실 그는 천군성주 설옥군보다 부옥령에게 더 충성했었다. 부옥령이 발굴해서 측근으로 삼은 인물이기 때문이었다.

부옥령은 가볍게 고개를 끄떡였다.

"강조, 눈이 매워졌구나."

그가 부옥령의 목소리만 듣고 그녀가 심득을 얻었는지 간파했기 때문이다.

"존하의 자태가 영명해지셨기 때문에 한눈에 알아봤습니다."

심득(心得)이란 부옥령이 기연이나 연공에 매진하여 목적한 바를 이루었다는 뜻이다.

그래서 반로환동의 경지에 이르러 사십 대였던 모습이 십칠팔 세로 어려졌다고 믿은 것이다.

백강조는 그 자리에 부복하며 예를 취했다.

"속하 백강조가 존하를 뵈옵니다."

백강조에겐 신임하는 네 명의 측근이 있으며 부천주 두 명과 총전주, 총부주 각 한 명씩이다.

백강조 뒤에는 총전주와 총부주가 나란히 부복하며 이마를 바닥에 대고 있다.

그들 역시 부옥령에게 발탁되어 오늘에 이르렀기에 오로지 그녀에게만 충성하는 인물들이다.

부옥령은 조용히 말했다.

"일어나라."

백강조와 총전주, 총부주가 조심스럽게 일어나서 부옥령과 진천룡 등을 조심스럽게 살펴보았다.

백강조는 부옥령에게 궁금한 것이 태산처럼 많지만 그녀의 성격을 잘 알기에 침묵을 지켰다. 그녀가 먼저 말해줄 것이기 때문이다.

부옥령은 옆에 서 있는 진천룡을 두 손으로 정중하게 소개했다.

"영웅문주이시다."

"아……."

"음……."

백강조와 두 명은 크게 놀라며 진천룡을 쳐다보았다. 그들은 자신들이 진천룡에게 어떻게 해야 할지 몰랐다.

부옥령은 그들이 놀랄 틈을 주지 않고 거침없이 말했다.

"나는 이분을 모시고 있다. 영웅문의 좌호법이지."

"설마……."

백강조 등은 당금 무림을 진동하고 있는 영웅문주와 그의 측근들, 그중에서도 좌호법이라는 무정신수에 대한 소문을 귀가 따갑게 들어서 너무도 잘 알고 있다.

그런데 무정신수가 바로 부옥령이었다니 그것은 추호도 예상하지 못했던 일이다.

백강조와 두 명은 복잡한 표정을 지었다. 자신들은 천군성의 중책을 맡고 있는데 지금 이 상황에서 어떻게 행동을 해야 할지 갈피를 잡을 수 없기 때문이다.

그렇다고 해도 부옥령이 진천룡에게 충성하라고 말한다면

그럴 수밖에 없다.

그것이 바로 백강조와 두 사람의 진실하고 굳건한 충성심인 것이다.

예전에도 그랬던 것처럼 부옥령은 백강조 등을 오래 기다리게 하지 않았다.

"너희들은 자유의사에 따라서 주군을 대하라."

그녀의 말에 백강조를 비롯한 세 사람의 얼굴에는 일말의 갈등하는 기색도 없이 진천룡 앞에 무너지듯이 부복하며 이마를 땅에 댔다.

"백강조가 주군을 뵈옵니다!"

진천룡은 백강조 등의 행동을 보고 놀라움과 감탄을 금치 못했다.

그것만 보고도 그들이 부옥령의 심복이며 그녀를 얼마나 믿고 충성하는지 짐작할 수 있을 것 같았다.

진천룡은 가슴이 따스해져서 입가에 미소를 지었다.

"일어나게."

백강조 등이 진천룡을 주군으로 모시겠다는 것은 말뿐만이 아니다.

그들은 조금 전까지만 해도 천군성에 충성하고 있었으며 요직의 지위에 있었다.

그것은 그들이 홀몸이 아니라 모든 기반이 낙양 천군성에 있다는 것을 의미한다.

그들 각자에게는 평균 이십여 명의 가족이 있으며, 그들을 믿고 따르는 심복들이 있다.

그러므로 이들 세 사람이 변절하는 것은 그들 모두의 생사를 진천룡에게 맡긴다는 뜻이다.

그것이 얼마나 위험한 일인지 그들은 잘 알고 있다. 다른 것들은 자비로워도 천군성이 배신자에 대해서는 가차 없다는 사실을 잘 알고 있기에 더욱 그런 것이다.

그런데 백강조 등은 그 모든 것을 진천룡에게, 아니, 부옥령에게 맡겨 버린 것이다.

그것만 봐도 이들이 부옥령에게 얼마나 충성하는지 짐작할 수가 있다.

백강조 등은 조심스럽게 일어나서 두 손을 앞에 모으고 진천룡을 바라보았다.

진천룡은 가볍게 고개를 끄떡이며 입을 열었다.

"자네들이 지금 당장 천군성을 떠나 내게 올 필요는 없네."

그의 말에 백강조 등은 의아한 표정을 지었다. 진천룡이 자신들을 거두지 않겠다는 뜻으로 들렸다.

"자네들은 지금은 맡은 바 일에 충실하고 나중에 모든 일이 다 끝나면 그때 내게 오게."

백강조 등은 그의 말이 무슨 뜻인지 몰라 어리둥절하며 부옥령을 쳐다보았다.

부옥령은 차분한 목소리로 백강조 등에게 말해주었다.

"주군과 천상옥녀는 연인(戀人)이시다."

"아……."

백강조 등은 대경실색하여 진천룡을 쳐다보았다.

천군성주 천상옥녀가 대저 어떤 존재인가? 천하제일미녀로서 천하의 모든 남자와 여자들이 우러러보는 여자가 아닌가.

사람들은 설옥군이 영원히 만인의 연인으로 남아 있을 것이라고 믿었다.

백강조의 얼굴이 경악으로 물들었다가 잠시 후에 어떤 생각을 하고는 이해할 수 있다는 듯 고개를 끄떡였다.

"그래서 그랬군요."

"무슨 뜻이냐?"

부옥령의 물음에 백강조는 공손히 대답했다.

"성주께서 천하대계를 개시하셨습니다."

진천룡은 흠칫 놀랐지만 부옥령은 그럴 줄 알았다는 듯 고개를 끄떡였다.

"그랬구나."

진천룡은 놀라는 표정으로 눈을 껌뻑거렸다. 설마 설옥군이 천하대계를 개시했을 줄은 꿈에도 생각하지 못했었다.

천하대계.

천하를 정복한다. 그 얼마나 엄청난 일이고 심장을 뛰게 하는 말인가.

백강조는 진천룡을 보면서 말했다.

"그런데 성주께선 검황천문과 천하삼대비역, 마중천, 요천사계를 상대할 구체적인 계획을 결정하셨으나 영웅문에 대한 것은 단 한마디만 하셨습니다."

"뭐라고 하셨느냐?"

"영웅문과는 공생한다고 하셨습니다."

"공생(共生)?"

"그래서 본성의 간부들은 모두 이상하게 생각했었는데 이제야 성주의 뜻을 알겠습니다."

"음."

부옥령은 그것 하나만 봐도 설옥군이 얼마나 진천룡을 사랑하고 있는지 짐작할 수 있었다.

"그래서 영웅문에 대처하거나 상대할 그 어떤 계획도 수립하지 않았습니다."

"옥군은 어디에 있는가?"

먼 하늘을 응시하면서 설옥군에 대한 그리움을 삭이고 있던 진천룡이 불쑥 물었다.

백강조는 주위를 두리번거리면서 대답했다.

"마중천과 요천사계를 격멸하기 전에 여기에 계셨습니다만… 지금은 어디에 계신지 모르겠습니다."

"이런……."

진천룡은 자신이 이곳에 도착했을 때 설옥군이 있었을 것이라고 확신했다.

그래서 그녀는 진천룡을 발견하고 그를 바라보다가 지금은 여길 떠났을 것이다.

"옥군……."

진천룡의 얼굴에 그리움 절반과 괴로움 절반이 뒤섞여서 물들었다.

그는 서두르며 백강조에게 물었다.

"옥군은 어디로 갔지?"

"모르겠습니다."

부옥령이 물었다.

"다음 계획은 뭐냐?"

"검황천문을 공격하는 것입니다."

"남경의 검황천문 본문을 공격하는 것이냐?"

"아닙니다. 영웅문을 치러 갔다가 회군하여 검황천문으로 돌아오고 있는 세력을 공격할 것입니다."

"검황천문 본문은 공격하지 않는 것이냐? 그곳을 장악해야지만 검황천문을 손에 넣었다고 할 수 있지 않겠느냐?"

"검황천문 본문은 영웅문에게 맡기는 것으로 알고 있습니다."

천군성의 계획대로 된다면 어느 누가 보더라도 영웅문이 천군성에 절대적으로 협력하는 것으로 여겨질 터이다.

진천룡은 이미 먼 곳을 보고 있다.

"령아, 가자."

"네, 주군."

진천룡의 말에 부옥령은 공손히 대답하고 떠날 몸짓을 했다.

백강조가 급히 말했다.

"존하, 속하들은 어찌합니까?"

"옥군을 도와라. 그게 너희가 할 일이다."

부옥령이 대답하기도 전에 진천룡이 말하고는 번쩍 허공으로 솟구쳐 올랐다.

그러자 부옥령과 청랑, 은조가 그 뒤를 따라 순식간에 까마득한 창공으로 솟아올랐다.

백강조 등은 크게 놀라면서도 감탄하는 표정으로 진천룡 일행을 올려다보았다.

백강조 등이 쳐다보고 있는 사이에 진천룡 일행은 네 개의 점으로 화해서 남쪽을 향해 쏘아갔다.

백강조는 공력을 돋우어 쳐다보았으나 이미 진천룡 일행의 모습은 보이지 않았다.

백강조는 아스라한 창공을 응시하면서 감탄 어린 표정으로 중얼거렸다.

"존하께서 훌륭한 주군을 모시는구나."

그러나 이들은 모를 것이다. 오늘날의 영웅문주 전광신수를 만든 사람이 설옥군과 부옥령이라는 사실을.

*　　　*　　　*

진천룡 일행은 지상에서 삼십여 장 높이 하늘을 남쪽을 향해서 어풍비행으로 날아가고 있다.

감후성은 종초홍과 소정원이 양쪽에서 팔을 잡고 어풍비행을 전개하고 있다.

이 각 후에 진천룡은 아까 금혈마황과 검황천문 세력이 있던 용담의 평야 상공에 도착했다.

그러나 그곳에 검황천문 세력은 보이지 않았고 그 어떤 싸움의 흔적도 없었다.

[검황천문으로 갔을 거예요.]

진천룡 곁에서 날고 있는 부옥령이 전음으로 말했다.

부옥령은 진심으로 진천룡을 돕고 있다. 자신이 중간에 껴서 진천룡과 설옥군이 만나지 못하게 훼방을 놓는 옹졸한 짓은 하지 않았다.

일행은 즉시 방향을 서쪽으로 잡아 전속력으로 쏘아갔다.

第二百八章

대전(大戰)

금혈마황은 궁지에 몰렸다. 그는 검황천문과의 연합을 깨고 떠난 마중천과 요천사계 고수들이 전멸했다는 탐라고수의 보고를 듣고는 절망에 빠졌다.

금혈마황은 검황천문 태문주 동방장천의 부인 연보진의 사부라는 신분이지만 현재는 검황천문 잔존 세력를 이끄는 지도자가 된 상황이다.

명보운이 잔꾀를 쓰려다가 내분이 일어났을 때 금혈마황은 그것을 해결하고 자연스럽게 진짜 지도자가 되었다.

그렇다고 해서 그가 지금 이들이 처한 최악의 상황을 해결할 수 있다는 뜻은 아니다.

검황천문은 영웅문에게 장악됐고, 외부에 나와 있는 검황고수 만삼천여 명은 갈 곳 없는 미아가 되고 말았다.

그런 금혈마황에게 검황천문 탐라부 탐라고수가 기막힌 정보를 갖고 왔다.

검황천문에 영웅문주를 비롯한 측근들은 물론이고 그가 이끌던 무극애와 호천궁의 고수들이 모두 어디론가 떠나고 불과 몇 명만 남아 있다는 것이다.

금혈마황은 그 사실을 몇 번이나 확인하고는 더 두고 볼 것도 없이 검황천문으로 발길을 돌렸다.

싸움이나 전투에서 수성(守成) 즉, 성을 지키면서 싸우는 것이 얼마나 유리한지 모르는 사람이 없다.

그러므로 금혈마황이 검황천문 본문으로 들어가서 싸운다면 승리의 요건 하나를 더 갖추게 되는 것이다.

또한 검황천문에는 오천여 명가량의 고수들이 있으니 그들과 합세해 적을 상대한다면 상승효과를 얻을 수 있다고 판단했다.

물론 그것은 순전히 금혈마황을 비롯한 명보운과 심관웅 등의 생각일 뿐이다.

검황천문에 남아 있는 오천여 명의 검황고수들이 이미 영웅문 사람이 되었다는 사실을 염두에 두지 않고 하는 소리다.

그들이 금혈마황 편에 설 것인지, 아니면 영웅문 편에 서서 반발할 것인지는 뚜껑을 열어봐야만 알 수가 있을 것이다.

어쨌든 그래서 금혈마황은 만삼천여 명을 이끌고 일로 남경 검황천문으로 향했다.

한편, 정보를 얻기 위해 지상으로 내려갔던 청랑이 전서구의 서찰을 갖고 어풍비행을 전개하여 창공으로 돌아왔다.

청랑이 건네준 서찰을 읽고 난 부옥령이 진천룡에게 전음으로 말했다.

[주인님, 천군성이 남경으로 가는 길목으로 향하고 있다는 전갈입니다.]

그렇다면 금혈마황이 이끄는 검황고수들은 검황천문에 당도하기 전에 천군성과 맞부딪치게 될 것이다.

진천룡 일행은 표적을 잃고 잠시 지상에 내려왔다.

그가 쫓는 표적은 금혈마황이 이끄는 검황고수나 천군성이 아니고 오로지 설옥군이다.

검황고수들과 천군성의 움직임은 파악했지만 그 어디에서도 설옥군의 모습이 보이지 않았다.

'어떻게 된 거지?'

부옥령은 설옥군을 찾느라 혈안이 된 진천룡을 보면서 안타까운 표정을 지었다.

부옥령은 아무런 사심 없이 진천룡이 설옥군을 만날 수 있도록 성심껏 돕고 싶었다.

천군성 천군고수를 이끌고 있는 동천주 백강조의 말을 정리하면 설옥군은 잠시 후에 싸우게 될 검황고수들에게 간 것이 분명했다.

천군성과 검황고수들은 아직 만나지 못했으나 가고 있는 방향으로 봐서는 세 시진 후에는 마주칠 것 같다.

그런데 먼저 가 있어야 할 설옥군이 어디에도 보이지 않는 것이다.

지상에서 삼십여 장 높이에서 천리신안의 수법으로 살피는데도 설옥군이 보이지 않는다는 것은 말이 되지 않는다.

진천룡과 부옥령은 설옥군이 있을 것 같은 장소를 떠날 수가 없으므로 청랑과 은조, 감후성에게 검황고수들을 감시하라 이르고, 훈용강과 취봉삼비에게는 천군성의 움직임을 감시하라고 지시했다.

오로지 설옥군에게만 정신이 팔려 있는 진천룡 대신 부옥령이 현실을 직시하는 것이다.

그러나 그것은 진천룡이 설옥군에게만 골몰하고 있다고 보는 부옥령의 관점에서다.

남경과 용담 사이에는 탕산이 길게 눕듯이 이어져 있으며, 장강과 탕산 사이에는 오 리 정도 폭의 벌판이 놓여 있다.

진천룡과 부옥령, 그리고 소정원과 종초홍은 남경을 십 리쯤 남겨놓은 지점의 상공에서 세찬 강바람을 맞으며 상공에 정지한 채 움직이지 않았다.

* * *

진천룡은 그냥 아무 생각 없이 상공에 떠 있는 것이 아니라 여러 생각을 정리하고 있는 중이다.

'옥군이 천하제패를 실행에 옮겼다.'

사실 그는 설옥군에 대한 그리움과 천하제패에 대해서 골똘히 생각하고 있었다.

설옥군이 그의 곁을 떠난 이후 그에게는 많은 일들이 있었으며, 그는 예전하고는 다르게 거목으로 성장했다.

설옥군이 떠나기 전의 진천룡과 그녀가 떠난 이후의 진천룡은 하늘과 땅 차이가 있다.

대장부의 가슴이라는 것은 사랑하는 설옥군 하나만 품고 있기에는 너무 컸다.

아니, 사랑과 야망은 그것들을 담는 그릇부터 다르다. 사랑과 우정이 다른 것처럼 말이다.

항주에 이어서 절강성을 손아귀에 넣고, 이어서 질풍처럼 복건성과 강소성까지 영역을 넓힌 그의 가슴에 대장부의 야망이 피어나지 않았다면 말이 되지 않는 일이다.

야망은 나무가 하루가 다르게 자라듯이 성장하는 것이다. 설옥군이 있을 때의 그가 묘목이었다면, 지금은 거대한 거목이 되어 있는 것이다.

그래서 그 거목의 그늘에서 뜻을 같이하는 수많은 사람들이 희로애락을 함께하게 되었다.

지금의 그는 혼자가 아니라 수십만 명의 생사와 꿈을 한 몸에 지고 있는 지도자이며 절대자다.

더구나 이제는 강남무림의 절대자인 검황천문마저 굴복시켜서 새로운 절대자로 등극한 그가 아닌가.

"나와 옥군 두 사람이 힘을 합쳐서 천하를 제패하는 것은 어떤가?'

자연스럽게 그런 생각을 하게 되었고, 거기에 대해서 그는 긍정적이었다.

'옥군과 내가 천하를 제패한다.'

심장이 뛰고 온몸의 피가 뜨겁게 들끓기에 충분한 일이다.

그는 자신의 제의에 대해서 설옥군이 거절할 것이라고는 추호도 생각하지 않았다.

그의 단순한 생각으로는 설옥군이 그럴 리가 없기 때문이다.

*　　　*　　　*

영웅문 휘하에는 풍영당(風影堂)이 있다. 개방 항주분타주 창화개와 강비가 이끄는 정보 수집과 추적, 감시를 담당하는 조직이다.

초기의 풍영당은 개방 항주분타 위주로 정보 수집과 염탐, 감시 정도가 전부였으나 이후 영웅문의 세력이 급속도로 확장되면서 풍영당의 역할이 커지며 현재는 영웅문 휘하의 어느 당에도 꿀리지 않는 능력을 지니게 되었다.

영웅문 휘하에서 머릿수로 따졌을 때, 풍영당은 압도적으로 많은 사백 명이었다.

영웅문이 거대해지면서 풍영당의 역할이 중요해졌고, 그래서 외문십오당에서 고수들을 선발하여 풍영당의 덩치를 키우게 되었다.

진천룡이 움직이면 풍영당의 최정예고수 삼십 명이 어디든 동행하게 된다.

그래서 풍영당 고수들이 진천룡의 전후좌우 사방의 정보를 입수하고 탐지, 추적, 감시를 하여 수시로 보고를 하고 있는 것이다.

"주인님, 변수가 발생했어요."

까마득한 상공에 떠 있는 부옥령은 자신이 직접 갖고 온 풍영당의 서찰을 읽고 나서 진천룡에게 말했다.

설옥군을 찾는 방법을 달리 해볼까 하고 생각하던 진천룡은 부옥령을 쳐다보지도 않고 물었다.

"뭐지?"

"남경 인근의 방파와 문파 오십여 곳에서 검황천문에 고수를 보냈어요."

"우린 손을 쓰지 않았나?"

진천룡의 미간이 좁혀졌다.

"우리가 손을 썼으나 검황천문을 추종하는 방파와 문파들을 설득하는 데 실패한 것 같아요."

부옥령은 남경을 중심으로 백여 리 이내의 방파와 문파에 고수들을 파견하여 포섭을 시도했었다.

물론 이미 영웅문 휘하가 되기로 맹세한 검황고수들과 같이 갔었는데도 설득에 실패한 것이다.

검황천문에게 백여 년 이상 충성해 온 방파와 문파들을 설득하는 것은 쉬운 일이 아니다.

만약 그들이 검황천문 내에서 벌어진 일 즉, 영웅문이 검황천문을 완전히 장악했으며, 검황천문 내의 검황고수들 전원을 영웅문 휘하로 만들었다는 사실을 눈으로 직접 봤더라면 설득이 쉬웠을 것이다.

영웅문이 남경 인근의 방파와 문파들을 포섭하려는 시도는 오히려 타초경사(打草驚蛇) 즉, 풀을 건드려서 뱀을 놀라게 만드는 결과를 낳았다.

남경 인근의 방파와 문파들은 영웅문의 설득 때문에 검황천문이 처한 상황을 알게 되었고, 그래서 그들을 도와 검황천문을 구해야겠다는 얼토당토않은 상황이 야기된 것이다.

어쨌든 과거 검황천문에게 복속됐던 방파와 문파들을 포섭하려는 부옥령의 계획은 일단 실패했다.

나중에야 상황을 다 알게 된 방파와 문파들이 고개를 숙이고 들어오겠지만 지금은 아니다.

부옥령은 심각한 표정으로 말했다.

"풍영당 보고에 의하면 오십여 개 방파와 문파에서 보낸 고수의 수가 만오천여 명이라고 해요."

"음."

"그런 데다 그 수가 점점 더 불어나고 있답니다."

그럴 것이다. 검황천문이 위기에 처했으며 남경 인근의 방파와 문파들이 그들을 돕기 위해서 고수들을 대거 파견했다는 소문이 퍼지면 그때는 남경이 아니라 강소성 전역과 다른 지역에서도 속속 고수들을 보낼 터이다.

진천룡은 이맛살을 잔뜩 찌푸렸다.

"곤란하군."

그는 어떤 생각이 들자 급히 부옥령에게 물었다.

"이 사실을 천군성이 알고 있을까?"

부옥령의 얼굴이 흐려졌다.

"아마 모를 거예요."

천군성에도 정보 수집을 전담으로 하는 조직이 있으며 풍영전이라고 한다. 영웅문의 풍영당하고는 전과 당이라는 것만 다르다.

영웅문이든 천군성이든 고수들이 이동을 하면 정보 조직이 같이 움직이는 것은 필수다.

그렇지만 천군성의 풍영전 고수들이 이 급박한 상황까지 파악했을지는 미지수다.

또한 천군성 천외오전 중에는 사해광전이 있다. 천하 각지에 천군성 지부가 팔십여 개 있으며, 그것을 총괄하는 조직이 바로 사해광전이다.

천군성이 지배하는 강북무림에는 당연히 천군성 지부가 있지만, 검황천문 지배하에 있는 강남무림에도 지부가 존재하고 있다.

물론 강남무림의 천군성 지부는 은밀하고도 소규모로 운영되고 있는 것이 다르다.

지금 이 사실을 천군성도 알게 되겠지만 중요한 것은 그것을 알게 되는 시기다.

지금 당장 알아야만 하는 중요한 정보를 모른다면 일의 성패가 달라지기 때문이다.

진천룡이 길게 생각할 것도 없다는 듯 말했다.

"천군성에 알려라."

부옥령은 반사적으로 소정원과 종초홍을 쳐다보고는 그녀들에게 시켜도 될 것인지 잠시 생각했다가 고개를 가로저었다.

호천궁 소궁주인 종초홍과 창파영주인 소정원은 현 상황에 대해서 이해가 부족한 데다 천군성에 대해서는 더욱 모르기 때문이다.

그러나 부옥령은 진천룡을 남겨두고 자신 혼자서 천군성에 갈 생각은 추호도 없다.

"같이 가요."

"그러자."

말했었지만 진천룡은 설옥군은 물론이고 부옥령의 말에 한 번도 안 된다고 말한 적이 없었다.

진천룡은 여기에 죽치고 있어도 설옥군을 만나지 못하기 때문에 장소를 옮기는 것도 괜찮을 것이라고 생각했다.

*　　　*　　　*

'늦은 것인가?'

진천룡은 눈살을 찌푸리며 아래를 굽어보았다.

수천 명의 천군고수들이 전방의 탕산을 향해서 밀물처럼 거대하게 몰려가고 있었다.

아마도 탕산 북쪽 어귀에 검황고수들이 있다고 판단한 것 같았다.

만약 천군고수들과 검황고수들이 맞붙기 시작한다면 아무도 말릴 수가 없게 된다.

"령아, 백강조를 찾아라."

동천주이며 이들 천군고수의 우두머리인 백강조에게 그 사실을 알려야만 한다.

소정원과 종초홍은 백강조를 만날 때 없었으므로 그의 얼굴을 모를 것이다.

"령아, 이럴 때 우두머리는 주로 어디에 있느냐?"

"선두예요."

천군성의 지도자들은 선두에서 제일 먼저 싸움을 시작하며 이끌었다가 승기를 잡게 되면 외곽으로 빠진다.

진천룡과 부옥령은 달려 나가는 천군고수들의 선두에서 백강조를 찾으려고 혈안이 됐다.

그렇지만 선두를 형성하고 있는 폭과 인원이 족히 삼백 장 이상에 천여 명이기에 백강조 한 사람을 찾는 일이 녹록지 않았다.

"저기!"

그때 종초홍이 날카롭게 외쳤다.

"저 사람 아니에요?"

그녀는 까마득한 지상의 한 곳을 가리키며 흥분된 표정으로 외쳤다.

양쪽에 깃털이 달린 상우관(上羽冠)을 쓴 인물의 모습이 진천룡과 부옥령 눈에 끌어당기듯이 보였다.

순간 부옥령이 다급히 천리전음을 보냈다.

[강조! 함정이다! 물러나라!]

백강조는 머릿속이 웅웅! 세차게 울리는 범종 같은 굉음에 움찔했다.

범종이 재차 울렸다.

[강조! 나다! 검황천문이 함정을 팠다! 물러나라!]

백강조는 그것이 부옥령의 천리전음이라는 사실을 간파하는 즉시 전속력으로 전방을 향해 쏘아나가다가 쏜살같이 허공으로 솟구치며 뒤로 몸을 돌렸다.

이어서 성난 맹수처럼 저돌적으로 진격하는 천군고수들을 향해 우레처럼 크게 외쳤다.

"전원 즉시 퇴각하라!"

쩌르릉!

백강조의 사자후가 산천을 떨어 울렸다.

그 한마디에 수천 명의 천군고수들은 한순간 멈칫했다가 썰물처럼 퇴각하기 시작했다.

우왕좌왕하지도 않고 대열이 흐트러지지도 않았으며 진격하던 속도 그대로 퇴각했다.

그것만 봐도 천군고수들이 얼마나 대단한 고수들인지 짐작할 수가 있다.

탕산 중턱에 있는 금혈마황은 그 광경을 내려다보면서 오만상을 찌푸렸다.

"저들이 왜 물러나는 것이냐? 이게 어찌 된 일이냐?"

그의 좌우에 있는 명보운과 겸포 등은 낭패한 표정을 지었다.

"모르겠습니다."

"함정을 눈치챈 것 같습니다."

"어떻게 눈치를 챘다는 말인가?"

지금 금혈마황이 서 있는 아래쪽 산기슭에는 삼천여 명의 검황고수들이 포진해 있다.

천군고수들은 그들을 목표로 돌진해 왔던 것이다. 천군고수

쪽의 척후 풍영고수가 그들만 발견했기 때문이다.

하지만 삼천 명의 검황고수는 미끼일 뿐이다. 그들은 천군고수들과 싸우다가 패한 척하면서 도주하도록 사전에 계획되어 있었다.

검황고수 삼천 명은 전력을 다해서 도주하여 구릉 너머의 계곡으로 들어갔다.

계곡은 삼면이 가파르고 높은 언덕이며 입구는 좁아서 흡사 항아리 같은 형상이라 한번 들어가면 나오기가 어렵다.

천군고수들이 계곡으로 들어서면 계곡 주위에 미리 매복해 있는 삼만여 명의 고수들이 사방에서 파도처럼 쏟아져 나와 천군고수들에게 맹공을 퍼붓는다.

천군고수의 수는 대략 오천여 명이다. 그 뒤에 오천 명이 더 있지만 검황고수들은 모르고 있다.

어쨌든 천군고수들이 퇴각하고 있으며 검황천문의 작전은 보기 좋게 실패했다.

겸포가 성급하게 내뱉듯이 말했다.

"추격합시다!"

자신의 말에 아무도 반응을 보이지 않자 겸포는 발끈하며 다시 한번 독촉했다.

"우리는 삼만 명이 넘는데 적은 불과 오천입니다! 두어 시진이면 쓸어버릴 수 있습니다! 추격하면 북쪽은 장강이라서 적들은 오도 가도 못할 겁니다!"

그래도 반응을 보이는 사람이 없자 답답해진 겸포는 명보운에게 항의하듯이 말했다.

"내 말이 잘못된 건가? 어째서 다들 가만히 있는 거지?"

명보운은 씁쓸한 표정으로 말했다.

"마중천과 요천사계 고수들이 어떻게 됐는지 모르는 건가?"

이들은 아까 검황천문 탐라고수로부터 마중천과 요천사계 고수가 전멸했다는 보고를 받았었다.

명보운의 말에 겸포는 떨떠름한 표정을 지었다.

"우리는 마중천이나 요천사계하고는 다르네. 더구나 삼만 명이나 되네."

"다를 거 전혀 없네. 우리가 강하면 얼마나 강하겠나? 거기에서 거기야."

겸포는 인정하지 않는 얼굴이지만 말을 하지는 않았다. 하승우와 심관웅이 명보운의 말을 인정하는 듯한 분위기이기 때문이다.

어쨌든 최종적인 결정권자는 금혈마황인데 그는 팔짱을 낀 채 깊은 생각에 잠겨 있다.

금혈마황은 천군고수들이 퇴각을 하더라도 그리 나쁘지 않다고 생각했다.

천군고수들을 이곳에서 격멸시키면 그보다 좋은 게 없겠으나 그 작전은 물 건너갔으므로 더 이상 거기에 매달리는 것은 미련한 짓이다.

"명보운."

"말씀하십시오, 태사부."

금혈마황이 부르자 명보운이 즉시 앞으로 다가가서 고개를 숙였다.

금혈마황은 진중하게 물었다.

"천군성이 마중천과 요천사계 고수들을 섬멸한 이유가 뭐라고 생각하나?"

명보운은 거기에 대해서 이미 결론이 났지만 다시 한번 곰곰이 생각한 후에 조심스럽게 대답했다.

"천군성이 천하대계를 시작한 것 같습니다."

"음, 그렇군."

금혈마황은 무거운 신음을 흘렸다.

겸포와 하승우, 심관웅도 같은 생각을 했지만 명보운이 직접 그렇게 말하자 심각한 표정을 지었다.

신대붕 소천에 타고 있는 세 사람은 지상에서 쩌렁한 사자후가 터지는 소리를 들었다.

진격하고 있는 천군고수들더러 전원 퇴각하라 명하는 동천주 백강조의 사자후였다.

자운이 지상을 가리키면서 설옥군에게 말했다.

"도주, 보세요. 천군고수들이 퇴각하고 있어요."

자운의 말에 설옥군은 상체를 기울여서 지상을 내려다보았다.

백여 장 아래 지상에서 썰물처럼 달려 탕산으로부터 멀어지고 있는 수천 명이 보였다.

"탕산에 함정이 있는 모양이군요."

"그런가 봐요."

"하강해서 탕산을 살펴보세요."

화백이 소천을 하강시켜 탕산 쪽으로 비행하게 했다.

구우우!

소천은 날갯짓도 하지 않고 머리 쪽이 쑤욱 아래로 숙여지며 완만하게 하강했다.

후우우…….

소천이 입을 벌리자 하얀 김이 뭉게뭉게 뿜어져 나와 주위를 가득 뒤덮었다.

멀리에서 보면 소천은 보이지 않고 하나의 커다란 흰 구름이 떠 있는 것 같았다.

흰 구름을 둘러싼 소천은 탕산 오십여 장 높이에 정지해 있고, 설옥군을 비롯한 세 사람은 아래를 자세히 굽어보았다.

"저기 매복이에요."

"봤어요."

탕산 안쪽 깊숙한 계곡 사면에 고수 수만 명이 빼곡하게 숨어 있는 광경이 일목요연하게 보였다.

스우우…….

소천이 다시 창공으로 두둥실 떠올랐다.

자운은 고개를 갸웃거리며 이상하다는 듯이 말했다.

"천군고수들이 진격하는 방향에서는 매복이 보이지 않았을 텐데 어떻게 알았을까요?"

천군성 풍영고수들은 미리 탕산 일대를 정탐했으며 그곳 북쪽 산기슭에 삼천여 명의 검황고수들이 숨어 있더라고 보고했었다. 그 사실을 설옥군도 알고 있었고 그래서 공격하라는 명령을 내렸던 것이다.

"천군고수들이 저 계곡에 들어갔으면 전멸했을 거예요."

"어떻게 된 일인지 알아보세요."

"동천주를 소환할까요?"

"그럴 필요 없어요. 천리전음으로 알아보세요."

"알겠어요."

소천은 창공으로 더 높이 오르면서 몸 주위를 감쌌던 흰 구름을 없앴다.

"아!"

부옥령은 어떤 생각을 하고는 나직한 탄성을 터뜨렸다.

소정원과 종초홍이 그녀를 쳐다보았다.

진천룡을 비롯한 네 사람은 여전히 지상에서 오십여 장 높이 하늘에 떠 있다.

어풍비행은 한 줄기 미풍만 불어도 그 바람에 몸을 싣고 하염없이 허공에 떠 있을 수가 있었다.

단, 지상에서 가까운 허공 즉, 삼십여 장 아래쪽은 어풍비행을 전개하기에 적당한 바람이 없어서 높이 떠올라야만 한다.

부옥령은 환한 얼굴로 진천룡에게 말했다.

"주인님, 소저는 신대붕에 타고 계실 거예요."

"신대붕? 소천 말이냐?"

"네. 틀림없어요. 왜 그 생각을 못 했는지 모르겠군요."

부옥령은 과거에 성신도 사람들이 거대한 대붕을 타고 천군성에 몇 번인가 왔던 일을 기억하고 있다.

진천룡은 정신이 번쩍 들었다. 어째서 그 생각을 못 했는지 자신이 바보 같다고 생각했다.

"그래. 옥군은 소천을 타고 창공 높은 곳에서 이리저리 이동하면서 지휘를 하고 있을 거야."

진천룡은 화라연과 자운, 화백이 신대붕 소천을 타고 영웅문에 왔었던 일을 잘 기억하고 있다.

또한 화라연이 그에게 오극성궁력을 전수하는 몇 달 동안 그는 소천하고 꽤나 친해졌었다.

진천룡은 적잖이 흥분하여 사방을 둘러보면서 부옥령에게 급히 물었다.

"소천은 지상에서 얼마나 높이 떠 있는 거지?"

"모르겠어요. 한 번도 타본 적이 없어서……."

부옥령은 말끝을 흐렸다. 그녀는 그 영물이 신대붕이라는 것만 알지 이름이 소천이라는 사실도 방금 진천룡에게 들어서 알게 되었다.

진천룡은 머리 위 창공을 둘러보면서 조급한 표정을 지었다.

"어서 소천을 찾자."

"어디에서 찾아야 하는 건가요?"

부옥령은 막막한 표정으로 진천룡처럼 주위를 두리번거렸다.

아무것도 모르는 종초홍이 조심스럽게 물었다.

"무얼 찾는 건가요? 천첩들도 도울게요."

"신대붕이다. 어딘가 하늘에 떠 있을 거야."

마음이 조급해진 진천룡의 말은 종초홍과 소정원을 더 헷갈리게 만들었다.

망망한 창공에서 신대붕을 찾아야 하는 일은 지상에서 목표물을 찾는 것보다 더 어렵다.

부옥령이 종초홍과 소정원에게 간략하게 설명했다.

"독수리보다 백 배 정도 거대한 영물 대붕을 찾는 거야. 각자 흩어져서 찾아보자."

"독수리보다 백 배 큰 영물이요?"

"맙소사… 그런 게 존재해요?"

두 소녀의 말은 아무도 듣지 않았다. 진천룡과 부옥령은 이미 허공 더 높은 곳으로 솟구치고 있었다.

백강조가 이끄는 천군고수 우군은 탕산에서 북쪽으로 오 리쯤 물러난 곳에서 멈추어 전열을 정비했다.

지금 다시 돌이켜 생각해 봐도 부옥령이 미리 알려주지 않았더라면 천추의 한을 남길 뻔했다.

이건 척후를 한 풍영고수를 족친다고 될 일이 아니다. 험준한 탕산 깊숙한 곳까지 풍영고수가 들어가지 못했을 것이다.

그때 풍영고수 한 명이 그에게 달려왔다.

"각하, 급보입니다."

"뭐냐?"

백강조는 풍영고수가 이제야 적의 매복을 알아냈을 것이라고 짐작하며 딱딱하게 물었다.

"검황천문 세력이 급속도로 불어나고 있습니다."

풍영고수는 땅에 한쪽 무릎을 꿇고 고개를 숙인 채 빠른 어조로 보고했다.

"적의 세력이 불어나?"

"현재 탕산에만 사만여 명이 운집해 있습니다."

"사만 명이라고?"

백강조는 자신의 귀를 의심했다. 만삼천에서 이천 명 정도라고 알고 있던 검황고수가 느닷없이 사만여 명이라니까 놀라지 않을 수가 없다.

풍영고수는 검황천문에 복속한 방파와 문파들에서 속속 고수들을 파견하고 있다는 설명을 했다.

"이런 말도 안 되는……."

설명을 듣고 난 백강조는 만면에 어이없는 표정을 떠올렸다.

일이 이렇게 되면 상부로부터 새로운 명령을 받아야만 한다. 백강조 혼자 결정할 수는 없는 일이다.

그렇지만 천군고수 좌우후 삼군의 지휘자는 천군성 태상군사(太上軍師) 하명웅(河明雄)이다.

하명웅은 천군성의 명실상부한 제이인자이며 일인지하 만인지상의 인물이다.

성주인 천상옥녀 설옥군은 매우 중요한 일에만 관여하고 대부분의 명령은 하명웅이 내린다.

"태상군사는 어디에 계시느냐?"

"후군에 계십니다. 후군은 장강 건너 북쪽에 대기 중입니다."

그의 물음에 부천주가 즉각 대답했다.

바로 그때 백강조의 귀에 어떤 목소리가 들렸다.

[동천주.]

'아앗!'

백강조는 소스라치게 놀라서 펄쩍 뛰었다가 그 자리에 고꾸라지듯이 부복했다.

"하명하십시오, 성주."

주위에 있는 사람들은 백강조에게 성주의 전음이 전해졌다고 짐작하여 모두 우르르 그 자리에 부복했다.

[탕산에 매복이 있다는 사실을 어떻게 알았느냐?]

"……."

그윽한 설옥군의 목소리가 백강조의 고막을 울리자 그는 가슴이 콱! 막혀서 아무 말도 못 하고 고개를 땅에 박았다.

[동천주, 내 말을 듣지 못했느냐?]

"아… 아닙니다……!"

설옥군이 어디에서 천리전음을 보내는 것인지 모르기 때문에 백강조는 육성으로 말할 수밖에 없다.

[다시 묻겠다. 탕산에 매복이 있다는 사실을 어찌 알았느냐?]

백강조의 얼굴에서 식은땀이 비처럼 뚝뚝 마구 떨어졌다. 하지만 지금 묻는 사람이 누군가. 거역할 수 없는 하문이다.

"좌호법께서 알려주셨습니다……."

그는 간신히 대답하고 나서 속으로 끙! 하고 신음을 흘렸다.

[좌호법이라면 부옥령 말이냐?]

"그… 렇습니다."

[그녀를 만났느냐?]

"그… 렇습니다."

어느 안전이라고 거짓말을 하겠는가. 당장 목에 칼이 들어와도 성주에겐 이실직고를 해야만 한다.

第二百九章

해후

[그녀는 누구와 같이 있었느냐?]

백강조는 설옥군이 다 알고서 묻는 것 같다는 생각이 문득 들었다.

"영웅문주와 동행이었습니다."

설옥군은 진천룡을 생각하는 것만으로 가슴이 찌르르했다.

백강조는 물론이고 뒤에 부복하고 있는 총전주와 총부주도 진천룡을 만난 자리에서 그의 수하가 되었다.

그 당시 자리에 없던 부천주는 나중에 그 얘기를 듣고는 나중에 진천룡을 만나게 되면 자신도 그의 수하가 되겠다고 말했다.

백강조를 비롯한 이들 네 명은 예전에 모두 부옥령에게 발탁되어 그녀에게 충성하다가 오늘날의 지위에 오른 인물들로 부옥령의 심복들이다.

그러므로 이들 네 명은 부옥령이 주군으로 모시는 인물이라면 자신들도 당연히 주군으로 모셔야 한다는 생각을 갖고 있는 것이다.

설옥군은 한동안 말이 없다가 열 호흡쯤 지난 후에 나직한 목소리로 말했다.

[영웅문주가 무슨 말을 했느냐?]

"성주께서 어디에 계신지 물었습니다."

[다른 말은 없었느냐?]

"좌호법께서 말씀하시기를, 성주와 영웅문주가 연인 사이라고 하셨습니다."

백강조는 자신의 말이 설옥군의 심기를 거스를 수도 있다고 생각해서 조마조마했다.

그러나 백강조를 비롯한 네 명은 부복한 채 반각쯤 있었으나 이후로는 설옥군의 목소리가 들리지 않았다.

백강조는 조심스럽게 머리 위 하늘을 두루 살피면서 몸을 일으켰다.

"일어나라. 성주께선 가셨다."

설옥군이 침묵하고 떠난 것은 진천룡의 말을 시인한다는 뜻이다. 즉, 진천룡과 설옥군은 연인 사이인 것이다.

진천룡 일행은 반나절 동안 탕산 일대 하늘을 날아다니면서 신대봉 소천을 찾아보았으나 그 어디에서도 소천 비슷한 것조차 발견하지 못했다.

신대봉은 구름을 만들어서 아래에 깔고 떠 있으므로 밑에서 위를 올려다보면 구름만 보인다.

그런 탓에 진천룡 일행이 아무리 위를 살피면서 온 천지를 다 돌아다녀도 신대봉을 발견하지 못한 것이다.

진천룡이 설옥군을 찾느라 하루를 거의 허비했지만 부옥령은 그에게 이제 그만하라고 말하지 않았다.

이곳 탕산 일대는 당금 무림을 쥐락펴락하는 세력들이 모두 모여들어서 붉은 전운이 감돌고 있다.

회군한 검황고수들을 추격하던 영웅문과 창파영의 고수들도 이미 도착해 있었다.

날이 어두워지기 시작하자 진천룡은 설옥군 찾는 일을 그만두고 남경으로 돌아갔다.

* * *

"뭐야?"

금혈마황은 탐라고수의 보고를 듣고 와락 인상을 썼다.

"그게 언제냐?"

탐라고수의 보고에 의하면 검황천문 본문에 영웅문 세력들이 돌아왔다는 것이었다.

주루 바닥에 납작하게 엎드려 부복한 탐라고수가 떨리는 목소리로 대답했다.

"세 시진 전부터 시작하여 현재는 모두 입문을 마쳤다고 합니다."

"모두라는 것은 어떤 자들이며 몇 명이라는 얘기냐?"

갈수록 금혈마황의 역정이 거세지자 부복한 탐라고수는 바닥을 뚫고 아래로 꺼지고 싶은 심정이다.

"복장으로 미루어 무극애와 호천궁, 그리고 영웅문 고수들인 것 같습니다……!"

주루의 탁자 앞에 금혈마황만 의자에 앉아 있고 명보운과 심관웅, 하승우 등은 서 있는데 모두 벌레를 씹은 표정이다.

금혈마황의 검붉고 짙은 눈썹이 와락 꺾였다.

"영웅문 고수들이 틀림없느냐?"

"그렇습니다……."

"네가 그걸 어떻게 아느냐?"

그 물음에는 영웅문 고수들이 아니기를 바라는 금혈마황의 마음이 읽혔다.

"예전에 영웅문 고수를 본 적이 있습니다."

"그렇더냐?"

금혈마황은 영웅문 고수들이 아직 남경에 도착하지 않기를 바라고 있었기에 기운이 빠졌다.

"몇 명이나 되더냐?"

"정확하게는 알 수 없지만 전부 합쳐서 약 이만여 명쯤 되는 것 같았습니다."

"본문에 있는 영웅문 전체 세력이 말이냐?"

"그렇습니다."

"음……!"

현재 금혈마황이 거느린 세력은 자그마치 오만여 명이다.

검황고수 만삼천여 명에 남경을 중심으로 인근 수백 리 일대에서 모여든 검황천문에 복속한 방파와 문파의 고수들까지 합쳐서다.

그렇지만 머릿수만 많다고 영웅문을 공격할 수 있는 것이 아니다.

여러 차례의 싸움을 통해서 검증된 바에 의하면 영웅문 고수들은 정예 중에서도 최정예였다.

영웅고수 천 명을 상대하려면 검황고수 사오천 명은 있어야만 할 것이다.

그것은 영웅고수가 검황고수에 비해서 네다섯 배 고강하다는 뜻이다.

또한 검황고수들이 직접 싸워본 적은 없지만 천하삼대비역인 무극애, 호천궁, 창파영 고수들은 영웅고수보다 고강하면 고강했지 결코 약하지 않을 터이다.

검황고수 쪽이 사만여 명이었을 때 앞뒤 가리지 말고 무조건 검황천문으로 들어가서 수성을 했어야 옳았다.

진격해 오는 천군고수들을 함정에 끌어들여서 괴멸시키려고 탕산에 매복을 만드느라 시간을 허비한 것이 실책이었다.

그러지 않았으면 자신들이 먼저 검황천문 본문에 들어갈 수 있었을 것이다.

현재 검황고수 연합세력은 탕산 서쪽 끝 기슭에 모두 모여 있는 상황이다.

그곳에서 남경은 불과 이 리(里) 정도의 짧은 거리다. 지금이 밤이라서 오만여 명이 산속에 웅크리고 있을 수 있지 낮이라면 어림도 없는 일이다.

그 말은 다시 말해서 내일 아침이 되기 전에 탕산에 숨어 있는 오만여 명이 다른 장소로 옮겨야 한다는 뜻이다.

금혈마황은 당연히 자신들이 검황천문 본문에 들어갈 수 있을 것이라고 확신하여 검황세력을 남경에서 가장 가까운 탕산 서쪽 끝까지 이끌고 왔으며, 자신은 남경의 주루에서 느긋하게 술을 마시고 있었던 것이다.

바로 그때 탐라고수 한 명이 이 층으로 뻗은 계단을 나는 듯이 쏘아 올라왔다.

"태사부님……!"

그렇지 않아도 기분이 좋지 않은데 또 무슨 일인가 싶어 금혈마황은 짜증스럽게 내뱉었다.

"무슨 일이냐?"

탐라고수는 안색이 하얗게 질리고 숨이 턱에 차서 헐떡거리며 말했다.

"영웅문주가 이쪽으로 오고 있습니다……!"

"뭐어……?"

금혈마황은 너무 놀라서 자신도 모르게 벌떡 일어섰다. 그는 자신이 잘못 들었을지도 모른다고 생각했다.

"영웅문주가 틀림없느냐?"

자신도 모르게 그의 목소리가 아주 작아졌다.

"그렇습니다."

"혼자냐?"

금혈마황의 목소리가 점점 더 작아졌다.

"아닙니다. 여자가 세 명 더 있습니다."

"누구냐?"

"무정신수와 창파영주, 호천궁 소궁주입니다."

"음……."

명보운은 금혈마황이 무거운 신음을 흘리는 모습을 보면서 탐라고수에게 물었다.

"영웅문주가 이곳으로 오고 있는 게 틀림없느냐?"

고개를 든 탐라고수는 묻는 사람이 명보운이라는 것을 확인하고는 대답했다.

"이쪽 길에는 주루가 이곳 하나뿐입니다."

"그렇다는 것은 그가 여기에 들어올 수도 있고 그냥 지나칠 수도 있다는 뜻이 아니냐?"

"그렇겠지요."

명보운은 슬쩍 인상을 썼다.

"그 대답이 무슨 뜻이냐?"

탐라고수는 고개를 숙이고 정중하게 대답했다.

"속하의 임무는 사실을 보고하는 것이고 그 보고를 접하고 상황을 정리하거나 결정을 내리는 것은 상부의 몫이라고 생각합니다."

"……."

그의 말이 옳다. 탐라고수의 임무는 정보나 상황을 알려주는 것으로 끝난다.

그것을 보고받고 상황을 정리하고 결정을 내리는 것은 윗것들의 일이다.

영웅문주가 이쪽으로 오고 있다는 사실을 탐라고수가 알려줬으면 어떻게 대처할 것인지는 여기에 모여 있는 상전들이 정해야 할 일인 것이다.

명보운은 탐라고수를 굽어보고 가볍게 인상을 썼다. 건방지다는 뜻이다.

명보운은 손을 까딱거렸다.

"물러가라."

지금은 하찮은 탐라고수 한 명이 신경을 건드린다고 해서 왈가왈부할 때가 아니다.

검황천문 탐라부 소속 제사십육향 제십오조의 조장인 장무기(張武基)는 주루를 나와 빠른 걸음으로 거리의 가장자리를 걸어갔다.

그 순간 그는 뭔가 께름칙한 것을 느끼고 힐끗 뒤돌아보다가 움찔 놀랐다.

방금 그가 나온 주루의 옆 골목에서 흑의 경장 사내 한 명이 거리 쪽으로 걸어 나오고 있었다.

다른 사람은 변복을 한 흑의 경장 사내가 누군지 모를 테지만 장무기는 그가 검황고수라는 사실을 한눈에 알아보았다. 달리 탐라고수가 아닌 것이다.

장무기가 주루에서 나온 직후에 검황고수가 주루 옆 골목에서 나온 것은 우연일 수도 있다.

하지만 산전수전 두루 겪어 눈치가 빤한 장무기는 이것이 우연인지 아닌지 확인을 해봐야만 했다. 그의 목숨이 걸려 있기 때문이다.

장무기가 대군사 명보운을 불쾌하게 만들었을 수도 있다. 원래 장무기는 공과 사가 분명하고 바른말을 잘하는 성격이라서 친구가 거의 없다.

그런 탓에 윗사람들도 그를 탐탁하게 여기지 않아 승급도 못 해 삼십오 세 나이에 기껏 조장 노릇을 하고 있다.

기분이 나빠진 대군사 명보운이 하찮은 탐라고수 장무기를 혼내는 방법은 여러 가지가 있다. 그 방법들 중에 최악이 목숨을 거두는 것이다.

장무기는 걸음을 빨리하여 거리를 비스듬히 가로지르면서 힐끗 뒤돌아보았다.

그러자 저만치 뒤에서 검황고수라고 판단한 흑의 사내도 거리를 건너고 있는 게 보였다.

'틀림없다……!'

장무기의 심장이 쿵쾅거렸다. 명보운이 수하를 시켜서 장무기를 죽이라고 한 것이 분명하다.

대군사가 성격이 모질어서 마음에 들지 않으면 가차 없이 죽인다는 소문을 장무기는 심심하지 않게 들어서 알고 있었다.

'개자식……!'

기껏 그런 것 때문에 귀한 사람의 목숨을 끊으려는 명보운이 추악하게 여겨져서 장무기는 속으로 욕을 퍼부었다.

어쨌든 발등에 불이 떨어졌다. 탐라고수인 그는 명보운의 심복 수하를 이길 재간이 없다.

그자가 어디서든지 마음을 먹고 장무기를 죽이려고 한다면 손바닥을 뒤집는 것처럼 쉬울 터이다.

'어떻게 하지?'

장무기가 뒤돌아보니까 검황고수는 조금 전보다 훨씬 더 가깝게 뒤쫓고 있었다.

하늘이 두 쪽이 나도 장무기는 검황고수를 이기지 못한다. 장무기는 정보수집과 염탐하는 일에 특화된 사람이다.

만약 장무기가 경공을 전개하여 도망친다면 검황고수도 경공으로 추격할 것이다.

장무기는 뒤통수가 바짝바짝 타들어가는 것을 느꼈다.

그가 다시 뒤돌아보자 검황고수는 어느새 삼 장까지 바짝 뒤쫓고 있었다. 와락 덮치면서 손만 뻗으면 뒷덜미를 잡을 수 있는 거리다.

최후의 방법은 뒤돌아서 이판사판 검황고수와 싸우는 것뿐이지만 이길 가망은 희박하다.

"……!"

그런데 바로 그때 장무기의 눈이 번쩍 떠졌다.

십여 장 앞에서 한 무리의 사람들이 이쪽으로 걸어오고 있는데 바로 영웅문주 일행이다.

생사의 갈림길, 죽음을 목전에 둔 장무기가 이것저것 가릴 이유가 없다.

타앗!

그는 발끝으로 힘차게 지면을 박차고 전력으로 앞을 향해 쏘아갔다.

휘이익!

그가 일직선으로 부딪칠 것처럼 곧장 쏘아가는 것을 뻔히 보면서도 영웅문주 일행은 추호도 놀라거나 공격할 생각조차

하지 않았다.

영웅문주 일행에게도 장무기는 그저 하찮은 한 명의 사내일 뿐인 것이다.

종초홍이 앞으로 나서서 장무기에게 일장을 발출하려는 것을 부옥령이 만류했다.

"죽이지 말고 건드리지 마라."

죽이지도 말고 건드리지도 말라면 도대체 어쩌라는 것인지 몰라서 종초홍이 부옥령을 쳐다볼 때 이미 그녀는 무형지기를 발출하여 쏘아오는 장무기의 몸을 칭칭 묶었다.

"뭐냐?"

부옥령이 차갑게 묻자 장무기는 다급하게 말했다.

"저… 기 저자는 검황고수인데 저를 죽이려고 합니다. 저자를 죽여주시면 검황천문 우두머리들이 있는 곳을 알려 드리겠습니다."

* * *

장무기를 뒤쫓던 검황고수는 멈추지 않고 전력으로 달려오다가 뭔가 이상함을 느꼈는지 멈칫했다.

그때 부옥령이 가볍게 고개를 끄떡이는 걸 보고 종초홍이 검황고수를 향해 슬쩍 가볍게 소매를 흔들자 흐릿한 빛이 번쩍 뿜어졌다.

팍!

"끅……."

검황고수는 이마에 손톱만 한 구멍이 뚫려서 그 자리에 앞으로 엎어지더니 푸득푸득 몸을 떨다가 숨을 거두었다.

장무기는 방금 종초홍이 어떤 수법을 전개했는지 제대로 보지도 못했다.

부옥령은 정신이 반쯤 나간 장무기에게 조용한 목소리로 말했다.

"검황천문 우두머리들은 어디에 있느냐?"

금혈마황 등은 탐라고수가 주루를 나간 직후에 그곳을 떠나 다른 곳으로 이동했다.

영웅문주가 주루에 들어올지 모르는데 그냥 있을 수는 없기 때문이다.

이곳은 남경의 외곽 지역이고 이 근처에 주루는 여기 한 군데뿐이라서 번화가 쪽 다른 주루로 옮겼다.

대신 이 주루에 영웅문주 일행이 들어오면 감시할 고수들을 배치해 두었다.

그러나 영웅문주 일행은 이 주루에 들어오지 않고 그냥 지나쳤다.

진천룡 일행이 주루를 그냥 지나쳤더니 주루에 남겨두었던 감시조 검황고수들이 따라붙었다.

앞장선 장무기가 그들을 한눈에 알아보고 재빨리 손가락으로 가리켰다.

"저기, 그리고 저기, 또 저기 세 명이 감시하고 있습니다."

피잉! 핑!

그의 말이 떨어지자마자 소정원이 그 방향을 향해 한 줄기씩의 지강(指罡)을 발출했다.

감시조의 가까운 자는 오 장 거리이고, 멀리 있는 자는 이십여 장, 그것도 몸의 절반 이상을 감추고 빠끔히 눈만 내놓은 채 이쪽을 살피고 있었다.

또한 그들은 소정원이 저렇게 먼 거리에서 펄럭! 하고 아주 단순하게 소매를 떨치는 동작이 설마 자신들을 공격하는 것이라는 생각은 추호도 하지 않았다.

퍽! 퍽! 퍽!

"끅……."

"크윽……."

각자 다른 세 방향에 코빼기만 내놓은 채 이쪽을 감시하고 있던 세 명은 눈앞에서 무언가 번쩍이는 것을 발견한 순간 머리에 구멍이 관통되었다.

다른 것이 있다면 구멍이 앞머리와 옆머리, 콧등에 생겼다는 사실이다.

장무기는 뒤돌아보면서 공손히 말했다.

"제가 조금 먼저 갈 테니까 따라오십시오."

"너 이름이 뭐냐?"

진천룡이 불쑥 물었다.

장무기는 돌아서 가볍게 고개를 숙였다.

"장무기입니다."

고개만 까딱거리는 것이어서 오만불손할 수 있지만 진천룡과 부옥령은 개의치 않았다.

"알았다. 네 할 일을 해라."

장무기는 이번에도 고개를 까딱거리고는 앞으로 빠르게 달려 나갔다.

진천룡과 부옥령은 장무기가 왜 그러는지 알고 있다. 이 근처에는 그의 동료들이 많을 텐데 그가 낯선 사람에게 공손한 태도를 취한다면 다들 이상하게 여길 것이기 때문이다.

장무기는 동료 탐라고수들과 연락을 취해서 지금 금혈마황 등이 어디에 있는지 알아냈다.

"금화루(金花樓)라는 기루에 있다고 합니다."

"누가 말이냐?"

장무기가 가까이 다가와서 말하자 부옥령이 물었다.

"태사부와 대군사, 총부주, 그리고 좌호법이 계신답니다."

"그래?"

장무기가 검황천문의 지위를 나열했으나 진천룡 등은 누군지 한 명도 알아듣지 못했다. 그러나 거물들인 것만은 분명한 것 같았다.

부옥령은 조금 앞서 걷고 있는 장무기에게 물었다.

"너, 무슨 일이 있었느냐?"

장무기는 걸음을 멈추었다가 뒤돌아서 공손히 대답했다.

"저는 탐라부 소속인데 제가 대군사에게 무례하게 굴었다고 절 죽이라고 했습니다."

장무기는 마치 남의 일인 것처럼 대수롭지 않게 설명했다.

"어떤 무례한 행동을 했느냐?"

장무기는 진천룡을 한 번 힐끗 보고는 대답했다.

"영웅문주 일행이 오고 있다는 보고를 했더니 저더러 주루에 들어올 것 같으냐 아닐 것 같으냐고 묻기에 그런 결정은 당신들이 하는 것이라고 말했습니다."

부옥령 얼굴에 '요놈 봐라?' 하는 표정을 살짝 떠올랐다가 지워졌다.

"이후에 물러가라고 해서 주루를 나왔는데 절 죽이려는 검황고수가 따라붙었습니다."

그 검황고수를 종초홍이 지강으로 죽였었다.

부옥령은 미소를 참으면서 물었다.

"네가 안내하는 자들을 우리가 잡게 되면 너는 큰 공을 세우게 되는데, 무엇을 원하느냐?"

장무기는 미리 준비하고 있었던 것처럼 즉답했다.

"아무도 절 괴롭히지 않았으면 좋겠습니다."

"무림은 은원이 넘치는 곳이다. 그걸 모르고 무공을 배워서 입문한 것이냐?"

"후회하고 있습니다."

장무기의 얼굴에 정말로 몹시 후회하고 있다는 표정이 역력하게 떠올랐다.

부옥령은 웃음이 나오려는 것을 참지 못하고 고개를 젖히고 명랑하게 웃었다.

"아하하하! 솔직한 놈이로구나!"

장무기는 지금 자신의 앞에서 목젖이 보이도록 호쾌하게 웃고 있는 여자가 산천초목을 떨게 만드는 무정신수라는 사실을 알고 있기에 묘한 기분에 사로잡혔다.

부옥령이 손짓으로 걷자는 시늉을 해 보이고는 나란히 걷는 장무기에게 물었다.

"그럼 무엇을 하고 싶으냐?"

"손에 피 묻히는 것 말고 장사를 해보고 싶습니다."

"장사?"

"어차피 일이 이렇게 됐으니까 저는 은퇴를 할 수밖에 없는 처지입니다. 그러니까 이제 가족들을 데리고 여길 떠나 먼 곳으로 가서 그동안 모아둔 돈으로 조그만 점포라도 해볼 생각입니다."

부옥령은 장무기가 진짜 떠날 결심인 것을 간파했다. 그가 아무런 도움도 원하지 않는다는 사실에 부옥령은 신선한 충격을 받았다.

"돈은 얼마나 모았느냐?"

장무기는 머쓱한 얼굴로 머리를 벅벅 긁었다.

"콧구멍만 한 점포 정도는 얻을 수 있습니다."

부옥령은 장무기가 끝끝내 도움을 원하지 않는 것 같아서 더 마음에 들었다.

하지만 장무기는 모아둔 돈이 구리돈 열 냥도 되지 않았다.

노부모에다 아내와 아이 둘, 거기에 처가 식구 두 명이 얹혀 살고 있어서 그의 녹봉 은전 닷 냥은 단 한 번도 한 곳에 모여 본 적이 없었다.

그는 다만 자신이 도왔다는 것을 기회로 삼아 영웅문에 들어가고 싶은 마음이 추호도 없었다.

그는 검황천문이나 영웅문이나 살얼음 위를 걷는 것은 마찬가지라는 생각이다.

"저깁니다."

넓은 대로 건너편에서 장무기는 맞은편의 거대한 건물을 가리키면서 말했다.

"음, 저기라는 말이지?"

"네. 그렇습니다."

부옥령은 생각에 잠겨서 혼잣말처럼 중얼거렸는데 장무기는 그 말에도 대답을 했다.

금화루라는 기루는 남경만이 아니라 강남 전체를 통틀어서 다섯 손가락 안에 꼽힐 만큼 유명하고 또 거대한 규모를 자랑하고 있다.

현무호(玄武湖)라는 호수 근처는 남경 성내에서도 가장 번화하고 땅값도 비싼 곳으로, 거리에 면한 땅이나 건물은 부르는 게 값일 정도다.

그런데 금화루는 드넓은 현무호의 대로 쪽을 절반 이상이나 차지하고 있으며, 건물이 다섯 채나 된다.

진천룡 일행은 일단 방으로 안내되었다.

부옥령은 방을 안내하고 나서 주문을 받으려고 다소곳이 서 있는 향숙(饗宿:접대하는 여자)에게 의젓하게 말했다.

"여기 독가(지배인)를 불러와라."

향숙은 자신이 무엇을 잘못해서 독가를 부르라는 것인지 적잖이 겁을 먹으며 물었다.

"독가는 왜요?"

"남창 천향루에서 왔다고 전해라."

부옥령은 주위에 무형장막을 펼쳐서 대화가 밖으로 새 나가지 못하도록 했으므로 무슨 말을 해도 된다.

삼십 대의 향숙은 고개를 갸웃거렸다.

"천량루요?"

"그렇게만 전하면 독가가 알아들을 것이다."

이 향숙은 아무것도 모르는 게 분명했다. 천향루는 강서제일부호인 천추각이 있는 곳이다.

그렇기 때문에 천향루에서 왔다는 말은 천추각에서 왔다는 뜻인 것이다.

향숙은 고개를 갸웃거리면서도 뭐라고 항거할 수가 없어서 문을 닫고 물러갔다.

진천룡과 부옥령, 종초홍, 소정원은 탁자 둘레에 앉아 있으며, 장무기는 문가에 뻘쭘하게 서 있는 광경이다.

그는 금화루를 가르쳐 주기만 하고는 가려 했는데 부옥령이 같이 들어가자고 해서 억지로 끌려 들어온 것이다.

자신이 할 일은 끝났는데 남아 있으라니까 잔뜩 긴장한 그는 눈을 크게 뜨고 두리번거렸다.

부옥령이 그런 그를 보고 빙그레 미소 지었다.

"널 해치지 않을 테니까 겁먹을 필요 없다."

"누… 누가 겁을 먹었다고… 저… 저는 괜찮습니다……!"

장무기는 목에 핏대를 세우며 소심하게 항거했다.

그때 문밖에서 다급한 발소리가 나더니 곧 문이 왈칵 열리며 한 사람의 얼굴이 나타났다.

그 사람은 실내를 빠르게 살피더니 진천룡을 발견하고는 너무 반가운 나머지 울음을 터뜨렸다.

"가가!"

진천룡은 설마 그녀가 올 것이라곤 전혀 예상하지 않았기에 적잖이 놀라 일어섰다.

"현아!"

"가가!"

들어선 사람은 남창 천추각 우호법 우순현이었다. 일전에 진천룡이 그녀의 체내에 심어져 있던 고독을 제거해 주는 과정에서 임독양맥을 소통해 주었다.

진천룡이 여자에게 임독양맥을 소통하고 벌모세수와 환골탈태를 시켜주었다면 일단 보통의 남녀 관계를 넘어서게 된다.

정사만 하지 않았을 뿐이지 온갖 행위들을 두루 행했기 때문이다.

사십삼 세인 그녀는 반로환동에 들지 않았지만 이십 대 중반의 외모를 갖게 되었다.

그 당시에 우순현은 진천룡을 '가가'라고 호칭했으며, 진천룡은 스스럼없이 그녀의 이름을 불렀다.

우순현은 걷잡을 수 없는 반가운 감정 때문에 울음을 터뜨리면서 진천룡의 품에 안겼다.

"가가!"

진천룡은 부드럽게 미소 지으며 그녀의 등을 쓰다듬기만 했다.

"현아, 네가 여기에 어인 일이냐?"

"각주 심부름을 왔는데 중요한 일은 끝나고 내일쯤 남창으로 돌아가려고 했어요."

진천룡의 물음에 우순현은 시종 방글방글 미소 지으면서 대답했다.

부옥령의 눈짓으로 진천룡의 옆자리를 우순현에게 양보한 종초홍은 흥미로운 눈빛으로 우순현을 바라보았다.

"각주께선 소매가 돌아가는 대로 항주에 가기로 했어요. 각주께서 영웅문에 머무는 것을 가가께서 허락하셨다면서요?"

"그랬지."

"소매도 영웅문에 같이 있을 거예요."

"오냐. 그래라."

우순현은 진천룡과 찰싹 붙어 앉아서 그의 손을 꼭 잡고 더없이 행복한 표정이다.

"천향루에서 온 사람이 독가를 찾는다는 말을 듣고 혹시나 싶어서 용모를 물었더니 가가시잖겠어요? 그래서 얼마나 반가운지 한달음에 달려왔어요."

얘기가 끝날 것 같지 않자 부옥령이 슬쩍 끼어들었다.

"저 사람이 이곳 금화루주냐?"

문가 장무기 옆에 한 여자가 두 손을 앞에 모은 채 전전긍긍 어쩔 줄을 모르고 있다.

삼십 대 중반의 그녀는 이곳 금화루의 루주인데, 하늘 같은 우호법 우순현이 껌뻑 죽어서 매달리는 남자가 누군지 짐작하고는 다리가 후들거려서 간신히 서 있는 중이다.

우순현은 금화루주를 보며 명령했다.

"어서 인사드려라. 영웅문주이시다."

"아……."

대금화루의 루주라면 산전수전 두루 겪은 철녀로 배짱이 두둑해야 한다.

그렇지만 금화루주는 천추각주를 거둔 영웅문주 진천룡 앞에서는 오금이 저려서 무너지듯이 부복했다.

"천첩 오서금(吳瑞今)이 주인님을 뵈어요."

*　　　*　　　*

종초홍이 우순현을 보면서 부옥령에게 전음으로 물었다.

[누구예요?]

[천추각 우호법이다.]

[아…….]

부옥령의 전음은 종초홍과 소정원 둘 다 들을 수 있다.

우순현과 같이 온 오서금은 이곳 금화루 독가를 불러서 검황천문 사람들이 왔느냐고 물었다.

독가는 반시진 전에 검황천문에서 매우 높은 신분의 인물 여러 명이 왔다고 말했다.

"누가 왔느냐?"

부옥령의 물음에 독가는 공손히 대답했다.

"좌호법과 총부주라는 사람은 알겠는데 다른 세 명은 누군지 모르겠어요."

부옥령이 자신을 쳐다보자 바짝 얼어붙은 장무기가 부동자세로 대답했다.

"나머지 세 명은 태사부와 대군사 명보운, 검천태제총령 하승우입니다."

슥!

진천룡이 일어서며 나직이 중얼거렸다.

"두고 볼 것 없다. 놈들을 잡으러 가자."

장무기는 배포가 큰 성격인데도 진천룡의 말에 간이 오그라들었다.

좌호법 심관웅을 비롯하여 총부주 겸포, 검천태제총령 하승우, 대군사 명보운이라면 검황천문에서 서열 십 위 안에 드는 쟁쟁한 인물들이며, 금혈마황은 그들을 합친 것만큼 고강한 거물이다.

그런데 진천룡이 추호도 거리낌 없이 그들을 잡으러 간다니까 장무기가 질려 버리는 것은 당연하다.

진천룡은 놀라서 어쩔 줄 모르는 장무기를 가리키며 금화루주 오서금에게 말했다.

"이 친구, 술상 차려주게."

그러고는 지나가면서 장무기의 어깨를 가볍게 툭 쳤다.

"마시고 있어라. 금세 돌아올 테니까 같이 마시자."

"아… 네……."

장무기의 온몸이 땀으로 흥건하게 젖었다.

술 한 잔을 비운 겸포가 심관웅의 빈 잔에 술을 따르면서 말했다.

"어딜 간 걸까요?"

금혈마황은 금방 돌아오겠다면서 명보운을 데리고 창을 통해서 밖으로 나갔는데 그게 이 각 전의 일이다.

실내에는 세 사람이 탁자 둘레에 앉아 있는데, 평소에 친한 겸포와 심관웅은 술잔을 주거니 받거니 하고 있지만, 하승우는 혼자 떨어져 창밖을 보면서 깊은 생각에 잠긴 채 술잔에는 손도 대지 않았다.

심관웅은 술잔을 입으로 가져가면서 못마땅한 표정으로 중얼거렸다.

"그분 속마음을 내가 어찌 알겠어?"

"형님께서 어떻게 좀 해보십시오. 태사부께서 모든 일을 의논도 없이 독단으로 결정하시는 것 같아 불안합니다."

겸포의 말에 하승우가 창밖을 보는 자세 그대로 말했다.

"우리가 그런 장치를 만듭시다."

심관웅과 겸포는 어? 하는 표정으로 하승우를 쳐다보았다. 두 사람은 하승우도 금혈마황을 못마땅하게 여기고 있었다는 사실을 처음 알게 되어 흐뭇한 마음이다.

심관웅이 하승우에게 넌지시 물었다.

"어떤 장치를 말하는 것인가?"

슥!

하승우는 천천히 이쪽으로 몸을 돌렸다.

"태사부는 검황천문하고는 아무런 연관이 없는 분입니다. 외부인이라는 뜻이죠."

심관웅과 겸포는 고개를 끄떡였고 하승우는 말을 이었다.

"제가 봤을 때 현재 검황천문의 운명은 우리 손에 달려 있는 것 같습니다."

"그렇지."

"맞는 말이오."

심관웅과 겸포는 고개를 크게 끄떡였다. 두 사람은 하승우와 의견의 일치를 봤다는 사실이 신기하면서도 기분 좋았다.

하승우는 심관웅을 쳐다보며 말했다.

"좌호법께서 제일 높은 상전이시니까 이제부터 결정을 내리십시오."

"내가 어떻게……."

"우리가 적극적으로 밀어드리겠습니다."

"그렇게 하십시오, 형님."

하승우와 겸포가 힘차게 말하자 심관웅은 기분이 좋아서 코가 벌름거렸다.

척!

바로 그때 문이 벌컥 열리더니 우순현이 앞서고 그 뒤로 진천룡과 부옥령, 소정원, 종초홍이 들어섰다.

심관웅 등은 제일 먼저 들어선 우순현을 보고 금화루의 향숙이나 독가인 줄 알았다.

그런데 그녀 뒤에 일남사녀가 따라서 들어오자 겸포가 귀찮다는 듯 손을 내저었다.

"여긴 손님이 있으니까 딴 데 가봐라."

그러나 다음 순간 그들은 움찔 놀랐다.

스읏! 슥!

앞장선 우순현과 소정원, 종초홍이 일제히 그들을 향해 손을 썼기 때문이다.

심관웅 등은 처음에 세 여자가 공격을 전개하는 것인 줄 몰랐다.

가볍게 소매를 흔들거나 손목을 뒤집는 동작이어서 허공에 날아다니는 벌레를 쫓거나 먼지를 터는 줄만 알았다.

그런데 세 여자가 동시에 비슷한 동작을 취하는 것 때문에 그것이 공격일지 모른다는 생각이 들었다.

쉬이잉!

거리가 워낙 가까운 탓에 심관웅 등은 반격 한 번 해보지 못하고 세 줄기 무형강기에 적중됐다.

퍼퍼퍽!

"으왁!"

"큭!"

"왁!"

허공을 찢는 파공음을 듣고야 공격인 줄 알고 반격하려고 했으나 이미 늦었다.

우당탕! 쿠당탕!

심관웅 등 세 명은 탁자, 의자와 함께 바닥에 볼썽사납게 나뒹굴었다.

총부주 겸포의 공력이 사 갑자인 이백사십 년, 하승우가 사 갑자 반인 이백칠십 년, 가장 고강한 심관웅이 삼백이십 년이지만 오늘은 상대를 잘못 만났다.

우순현이 재빨리 의자 하나를 가져와서 실내 한가운데 놓자 진천룡이 앉았다.

심관웅 등은 한쪽 벽 아래의 부서진 의자에 함께 처박혀 쓰러진 채 신음을 흘리며 꿈틀거렸다.

우순현이 겸포, 소정원이 심관웅, 종초홍이 하승우를 공격했다. 하지만 빠른 속도에 치중했을 뿐이지 위력은 싣지 않았다.

제대로 위력을 실었다면 심관웅 등은 즉사하거나 엄중한 중상을 입었을 것이다.

그렇다고 해도 심관웅 등은 가볍지 않은 충격과 내상을 입은 터라 벌떡 일어나지 못했다.

심관웅 등은 실내 구석과 벽 아래에 엎어지거나 쓰러진 자세로 진천룡을 쳐다보았다.

의자에 의젓하게 앉아 있는 그가 이 무리의 우두머리라고 직감한 것이다.

그때 우순현 혼자 심관웅 등에게 미끄러지듯이 다가갔다.

세 명은 잔뜩 경계하면서 몸을 일으키려다가 다가오는 우순현을 주시하며 여차하면 공격할 태세를 갖추었다.

슥—

그때 우순현이 노골적으로 두 손을 뻗었다. 손의 형태가 공격하려는 것이 아니고 지풍을 뿜어서 혈도를 제압하려는 것처럼 보였다.

그렇다고 해도 호락호락 당할 심관웅 등이 아니다. 방심을 하다가 급습을 당하기는 했지만 두 눈 뻔히 뜨고 두 번째 공격까지 당한다면 창피해서 얼굴을 들고 다니지 못할 것이다.

그러나 그들은 이미 일격을 당한 터라서 멀쩡할 때보다 삼할 이상 행동이 굼뜨고 공력이 모이지 않는다는 사실을 망각하고 있었다.

쉬잇! 쉿!

걸어오는 우순현의 여섯 개의 손가락에서 흐릿한 지강이 뿜어졌다.

"앗!"

"으헛!"

하승우와 겸포는 미처 대응하지 못했으나 가장 고강한 심관웅은 달랐다.

심관웅은 재빨리 일장을 발출하여 자신에게 쏘아오는 두 줄기 지강을 마주쳐 나갔다.

파아앗!

그러나 다음 순간 우순현의 지강이 심관웅의 장력 속으로 거세게 파고들었다.

파팟!

"으음……!"

그러고는 그의 마혈을 간단하게 제압했다.

마혈이 제압된 심관웅 등은 의자에 앉아 있는 진천룡 앞에 나란히 꿇어앉혔다.

심관웅 등은 진천룡을 처음 보지만 그가 누군지 어느 정도 짐작했다.

검황천문의 날고 기는 세 명을 이처럼 간단하게 제압한 것은 물론이고, 이들에게 이렇게 할 이유가 있는 인물은 영웅문주밖에 없기 때문이다.

심관웅 등은 아혈을 제압하지 않았기에 말은 할 수가 있다.

"귀하는 영웅문주요?"

심관웅이 잔뜩 불쾌한 얼굴로 묻자 진천룡은 가볍게 고개를 끄떡였다.

"그렇네. 자넨 누군가?"

"음……!"

심관웅이 무거운 신음을 내뱉자 부옥령이 나직하게 중얼거리며 위협했다.

"천중신도(天中神刀), 대답하지 않으면 머리를 부수겠다."

심관웅은 움찔하며 진천룡 오른쪽에 꼿꼿하게 서 있는 부옥령을 쳐다보았다.

"당신은……."

예전에 부옥령은 천군성 좌호법이라는 신분으로 검황천문을 방문한 적이 있었다.

그 당시에 검황천문의 여러 인물들을 만났으나 특히 심관웅이 그녀에게 친절하게 대했었다.

둘 다 같은 좌호법이기 때문이라는 것은 핑계이고, 부옥령의 미모가 워낙 출중해서 그녀를 어떻게 해보려고 정성을 쏟았던 것이다.

그래서 부옥령의 외모나 목소리를 아직도 생생하게 기억하고 있는 심관웅은 자신을 '천중신도'라고 똑 부러지게 호칭하는 그녀에게서 예전 천군성 좌호법의 모습을 기억해 냈다.

"설마 천군성의 흑봉검신이라는 말이오?"

부옥령은 살짝 아미를 치켜올렸다.

"당신은 예나 지금이나 말이 많군. 주군께서 당신이 누구냐고 물은 것을 잊은 건가요?"

"그건……."

"홍아, 저 사람이 이번에도 대답하지 않으면 머리통을 박살내도록 해라."

"네!"

종초홍은 명랑하게 대답하면서 즉시 손을 들어 올리며 일장을 발출하려고 했다.

부옥령은 '이번에도 대답을 안 하면'이라고 말했는데, 종초홍은 지금 당장 심관웅의 머리통을 부수려고 했다.

다급해진 심관웅은 숨도 쉬지 않고 대답했다.

"나는 검황천문 좌호법 심관웅이오!"

"그 옆의 놈은?"

부옥령의 차가운 시선을 받은 심관웅 옆의 놈 겸포는 움찔 놀라서 급히 대답했다.

"총부주 겸포요."

"검천태제총령 하승우요."

하승우는 묻기도 전에 재빨리 대답했다.

진천룡은 심관웅 등에게 알아낼 것도 별로 없어서 금혈마황과 명보운까지 마저 잡기 위해 술자리를 벌였다.

커다란 탁자 한쪽에 진천룡과 부옥령이 앉고 맞은편에 심관웅을 비롯한 세 명이 앉았다.

그리고 소정원과 종초홍, 우순현은 한쪽에 나란히 서 있는데 얼핏 보면 하녀들 같았다.

진천룡은 술잔을 들었다.

"자, 마시게."

진천룡이 배포 좋게 심관웅 등의 혈도를 풀어주었기에 그들은 자유롭게 움직일 수가 있다.

마음만 먹으면 도망칠 수도 있으며 진천룡 등에게 암습을 가할 수도 있다.

그러나 그들은 감히 그러지 못했다. 아까 여자 세 명이 그들을 간단하게 쓰러뜨리고 또 제압한 것만 봐도 주군인 진천룡의 실력이 어느 정도인지 짐작할 수가 있다.

더구나 예전에 사십 대였던 천군성의 좌호법 흑봉검신 부옥령이 새파란 십칠팔 세 소녀가 되었다는 것은 그녀가 반로환동의 경지에 도달했다는 것이다.

그게 사실이라면 그녀를 수하로 두고 있는 진천룡의 실력이 그녀보다 나으면 나았지 못하지 않을 터이다.

심관웅을 비롯한 세 명의 지금 심정은 그 어느 때보다도 복잡했다.

진천룡 등을 급습한다는 생각은 꿈도 꾸지 못하고, 그저 기회가 주어지면 도망칠 궁리를 하겠는데 그게 또 여의치 않았다.

그저 전력을 다하여 몸을 돌려 벽을 뚫고 도주하면 될 것 같지만 그게 그리 간단하지가 않은 일이다.

그들이 도주할 동안 진천룡 등이 팔짱 끼고 구경만 하고 있지는 않을 것이기 때문이다.

부옥령이 조용한 목소리로 위협을 했다.

"방금 주군께서 뭐라고 말씀하셨지?"

진천룡이 술 마시자고 한 말을 상기시키는 것이다.

심관웅 등은 '너 같으면 이런 판국에 술이 넘어가겠느냐?'라고 반박하고 싶지만 그럴 처지가 아니다.

그렇다고 해서 술을 마시지 않으면 한쪽에 서 있는 세 명의 여자가 언제 손을 써서 머리를 박살 낼지 모르는 상황이다.

진천룡은 그들의 심정을 아는지 모르는지 술 한 잔을 마시고 나서 지나가는 말처럼 입을 열었다.

"죽어가는 태문주를 내가 치료해서 겨우 목숨만 붙여놓았다."

심관웅 등은 검황천문 내부의 자세한 일에 대해서는 모르고 있다가 적잖이 놀라는 표정을 지었다.

심관웅 등은 진천룡이 무엇을 묻지 않는 한 입을 굳게 다물려고 했으나 태문주에 대한 얘기가 나오자 가만히 있을 수가 없었다.

"태문주께선 생명에 지장은 없으시오?"

"살아 있어요. 똥오줌을 가리지 못해서 그렇지."

부옥령이 쨍한 목소리로 말하자 심관웅 등의 얼굴이 착잡하게 변했다.

"그러게 왜 자기 주제를 모르고 덤비긴 덤벼?"

부옥령이 아미를 상큼 치켜뜨면서 가소롭다는 듯이 말하자 심관웅 등은 씁쓸한 표정을 지었다.

심관웅이 진지한 얼굴로 물었다.

"태문주께선 누구와 싸우셨소?"

부옥령은 고개를 갸웃거렸다.

"나였나?"

그러자 종초홍이 종알거렸다.

"주인님과 싸웠어요."

"그래?"

종초홍은 신나는 표정으로 설명했다.

"동방장천이 영웅문에 굴복하겠다고 말하고 나서 주인님하고 일대일로 싸워보고 싶다고 졸랐었잖아요."

"아… 그랬지."

종초홍의 말에 심관웅 등은 더욱 착잡한 표정을 지었다.

태문주가 영웅문에 굴복을 해놓고서 사내답지 못하게 영웅문주와 일대일로 싸워보고 싶다면서 졸랐다는 말에 심관웅 등은 얼굴이 화끈거렸다.

종초홍은 어이없다는 표정으로 말했다.

"굴복했으면 한 거지, 일대일로 한번 싸워보고 싶다는 게 말이 되는 거예요?"

"그런데 마음 약한 주군께서 동방장천의 억지를 들어주셨잖느냐?"

부옥령과 종초홍의 대화에 심관웅 등은 쥐구멍이라도 들어가고 싶은 심정이 되었다.

종초홍의 종알거림은 끝나지 않았다.

"더구나 일대일로 싸워서 자신이 이기면 영웅문이 물러가고 자신이 패하면 깨끗이 승복하겠다는 게 말이에요, 방귀예요? 그럴 거면 뭐 하러 굴복은 한 건가요?"

종초홍은 목소리를 조금 높였다.

"어쨌든!"

심관웅 등은 종초홍을 주시했다.

"동방장천은 삼초식 만에 주인님께 박살 나고 말았죠. 호기 한번 부리려다가 된통 걸려서 평생 똥오줌 가리지 못하는 신세가 되고 말았지요."

심관웅 등은 종초홍이 거짓말을 했을 것이라고는 생각하지 않았다.

지금 이런 상황에서 구태여 거짓말을 할 필요도 이유도 없기 때문이다.

다시 부옥령이 말문을 열었다.

"우린 검황천문을 영웅문 남경지부로 삼았으며 동방무건을 지부주로 임명했다."

심관웅 등의 얼굴에 놀라움이 번지면서 눈이 커졌다.

"선문주가 그걸 받아들였소?"

"받아들이지 않을 재간이 있나요?"

부옥령은 팔짱을 꼈다.

"그렇게 함으로써 동방일족의 목숨을 건졌잖아요."

태문주 동방장천을 비롯한 동방일족의 목숨과 검황천문을 바꿨다는 뜻이다.

부옥령은 두 손으로 공손히 진천룡의 빈 잔에 술을 따르고 나서 심관웅 등을 쳐다보며 말했다.

"그런데 지금 당신들은 무엇을 위해 싸우려는 것이죠?"

심관웅 등은 부지중에 움찔했다. 그러고는 잠시 생각하다가 서로의 얼굴을 쳐다보며 씁쓸한 표정을 지었다.

그들이 싸우는 이유는 정의나 의협을 위해서가 아니다. 태문주에 대한 흐릿한 충성심 때문이었는데 이젠 그나마도 사라져 버리는 것 같았다.

진천룡은 천천히 술만 마셨다. 부옥령이 일을 다 하기 때문에 그는 신경 쓸 필요가 없다.

"금혈마황은 이것도 저것도 아닌 인물이에요. 당신들이 그의 명령에 따라서 움직이는 것 자체가 우스운 일이에요."

하승우의 입가에 씁쓸한 미소가 떠올랐다. 이 방에 진천룡 등이 들이닥치기 전에 하승우 등은 거기에 대해서 의논하고 있었다.

"엄밀히 따지면 금혈마황은 동방일족을 위해서 싸우려는 거예요. 이미 굴복한 동방장천과 그 일족을 위해서 말이죠."

심관웅 등의 얼굴에 쓰디쓴 표정이 떠올랐다. 그들도 막연하게 그런 생각을 하고 있었는데 부옥령이 말로 설명하자 아픈

상처에 소금을 뿌린 것처럼 쓰라렸다.

“당신들, 아직도 동방일족을 위해서 싸우고 싶은 생각이 있는 건가요?”

심관웅들에게 그런 생각은 추호도 없었고 지금도 없다. 다만 자신들은 한 덩어리이고 떨어져 나갈 수 없었기에 함께 뭉쳐서 행동을 했을 뿐이다.

부옥령은 가볍게 손뼉을 쳤다.

짝짝짝!

“자! 이제 곧 큰일이 벌어질 테니까 당신들은 이쯤에서 자신들 갈 곳으로 흩어지도록 해요.”

이들 세 명은 그렇지 않아도 영웅문과 싸울 명분이 희박했었는데 일이 이쯤 되자 완전히 맥이 풀려 버렸다.

부옥령의 말인즉, 세 명이 갈 곳으로 가겠다고 하면 순순히 보내주겠다는 뜻이다.

하승우가 미간을 좁힌 채 부옥령에게 물었다.

“곧 큰일이 벌어진다는 것은 무슨 뜻이오?”

“천군성이 쳐들어온 것을 알고 있느냐?”

부옥령은 심관웅에게는 과거의 친분 때문에 최소한의 예의를 갖추지만 하승우 같은 자는 거침없이 대했다.

“우린 천군성하고 전투를 할 뻔했었소. 그들이 코앞에서 퇴각하지 않았으면 말이오.”

“당산에 검황천문 매복이 있다는 사실을 우리가 천군성에 알려주었다."

"당신이……."

"허어……."

하승우와 겸포는 놀라면서도 어이가 없는 표정을 지었다.

그 당시에 태풍처럼 돌격해 오던 수천 명의 천군고수들이 갑자기 퇴각하는 것을 보고 금혈마황과 이들은 어찌 된 일인지 무척 의아하게 생각했었다.

부옥령은 차갑게 미소 지었다.

"왜 그랬는지 궁금한 듯한 얼굴이로군?"

"그렇소. 왜 그랬소?"

"이봐, 아직도 동방일족을 위해서 싸우고 싶은 것이냐?"

"그건 아니오."

하승우가 씁쓸한 얼굴로 대답하자 부옥령은 그럴 줄 알았다는 듯 말했다.

"지금 와서 돌이켜 보면 그때 싸우지 않았던 것이 잘된 일이잖아?"

세 사람은 묵묵부답하다가 심관웅이 무겁게 고개를 끄떡였다.

"그건 흑봉의 말이 맞소. 우리가 매복을 하여 천군고수들을 전멸시켰다고 해도 우리 쪽도 웬만큼 피해를 봤을 것이오."

"당연하지."

"그 희생은 부질없는 희생이었을 것이오."

영웅문에 이미 굴복한 채 자신들의 안위만을 추구하고 있는 동방일족을 위해서 검황고수들이 헛된 싸움을 하다가 떼죽음을 당할 필요는 없는 것이다.

부옥령은 희고 가느다란 손가락 하나를 세웠다.

"하나만 말하겠다."

세 명은 긴장된 얼굴로 부옥령을 쳐다보았다.

"천군성이 천하대계를 개시했다."

"아……."

심관웅 등의 얼굴에 적잖이 놀라는 표정이 떠올랐다.

"이럴 때 당신들이 어떻게 해야 할 것 같은가?"

그때 진천룡이 조용히 중얼거렸다.

"철염이 오고 있다."

진천룡은 금혈마황과 명보운이 대화를 나누는 소리를 듣고 거리까지 파악했다.

부옥령은 심관웅 등에게 착 가라앉은 목소리로 말했다.

"당신들은 잠자코 있으면 된다."

심관웅이 목소리를 낮추어 부옥령에게 말했다.

"당신들에게 협조하면 우리가 가고 싶은 대로 놔주겠소?"

"그러겠다고 말했잖아요."

그때부터 심관웅과 겸포, 하승우는 머릿속으로 분주하게 주판알을 퉁기기 시작했다.

"그동안 어떻게 지냈소?"

심관웅이 목소리를 누그러뜨리고 지나가는 말처럼 부옥령에게 물었다.

진천룡이 금혈마황과 명보운이 오고 있다고 말한 지 열 호흡쯤 지났을 때였다.

심관웅으로서는 진천룡에게 협조하는 뜻으로 자연스러운 분위기를 만들려는 것이다.

"보다시피 이분을 모시게 되었어요."

부옥령은 따스한 눈빛으로 진천룡을 바라보았다.

"돌아가지 않은 것이오?"

천군성에 돌아가지 않고 영웅문 좌호법으로 눌러앉은 것이냐고 묻는 것이다.

"그래요."

심관웅은 엷은 미소를 지었다.

"나는 많이 늙었는데 그대는 더 젊어졌구려."

"이분 덕택이에요."

부옥령은 또다시 옆에 앉은 진천룡을 보면서 저의가 듬뿍 담긴 눈빛을 보냈다.

그녀의 그런 표정과 눈빛만 보고도 실내에 있는 모든 사람들은 그녀가 진천룡을 사랑하고 있다는 사실을 알 수 있었다.

금혈마황과 명보운이 가까이 다가오고 있을 것이므로 대화는 우회적으로만 나누었다.

부옥령의 말은 자신이 반로환동의 경지에 이른 것이 진천룡 덕분이라는 것이다.

심관웅과 겸포, 하승우는 공력을 끌어올려서 청력을 돋우어 금혈마황과 명보운의 기척을 감지하려고 애를 쓰는데 아직까지는 그들의 기척이 감지되지 않았다.

하승우는 진천룡을 힐끗 쳐다보았다. 열다섯 호흡이 지났는데도 금혈마황이 나타나지 않는데 도대체 어떻게 된 것이냐고 눈빛으로 물었다.

"철염은 현재 이백오십 장 밖에서 오고 있다."

"……."

하승우뿐만 아니라 심관웅과 겸포까지도 망연자실한 얼굴로 입을 딱 벌렸다.

아무도 없는 허허벌판이라고 해도 금혈마황 같은 초극고수의 기척을 감지하는 것은 무척이나 어려운 일이다.

하물며 번화가 한가운데에 위치해 있는 금화루 주변에서는 시끄러운 소음이 하루 종일 일어난다.

그런데 그런 곳에 앉아서 수백 장 밖의 금혈마황 기척을 간파했다니 기가 막힐 노릇이다.

하지만 검황천문 태문주하고 싸워서 불과 삼초식만에 저승의 문턱까지 보냈던 진천룡의 말이므로 믿지 않을 수가 없다.

진천룡은 종초홍과 소정원 쪽을 쳐다보았다.

그러자 소정원이 공손히 말했다.

"무형막으로 실내를 감싸고 있어서 어떤 말도 밖으로 새 나가지 않아요."

진천룡은 고개를 가볍게 끄떡이며 미소를 지었다.

"이젠 풀어도 된다. 말이 전혀 새 나가지 않으면 오히려 의심할 것이다."

"네, 주인님."

심관웅 일행으로서는 그저 놀라움의 연속이다. 진천룡 등이 하는 행동 하나하나가 그들로서는 상상을 초월했다.

스으…….

창을 통해서 금혈마황과 명보운이 유령처럼 안으로 날아 들어오는데 기척이 거의 나지 않았다.

심관웅 등은 금혈마황이 삼 장 가까이 이르렀을 때야 기척을 겨우 감지했을 정도다.

금혈마황은 실내에 내려서면서 진천룡 등을 살피다가 움찔 놀라 그 즉시 진천룡에게 극강의 금혈신강을 발출했다.

"어엇?"

그러나 그는 자신이 손가락 하나 옴짝달싹할 수 없는 신세가 됐음을 깨달았다.

혈도가 제압된 것도 아닌 것 같은데 어찌 된 일인지 꼼짝할 수가 없었다.

눈동자를 굴리려고 해도 그마저도 여의치 않았다. 그의 몸만이 아니라 눈과 혀, 입술까지도 그 무언가에 제압당해 버린 것이다.

"놔줘라."

진천룡이 담담하게 말하자 소정원과 종초홍이 발출했던 무형잠력을 거두었다.

"허엇……!"

그녀들이 갑자기 공력을 거두자 금혈마황은 앞으로 고꾸라질 것처럼 비틀거리다가 균형을 잡았다.

진천룡은 금혈마황을 보며 담담히 말했다.

"앉으시오."

"꿇어라."

그런데 진천룡의 말이 끝나기 무섭게 부옥령이 싸늘하게 내뱉었다.

금혈마황이 미간을 확 좁히며 쏘아보자 부옥령은 벌떡 일어나 두 손을 가느다란 허리에 얹고 꾸짖었다.

"죽고 싶으냐?"

금혈마황은 부옥령을 쏘아보면서 두 주먹을 움켜쥐고 부르르 떨었다.

그는 예전에 설옥군에게 당해서 저승 문턱까지 갔었던만큼 진천룡과 부옥령이 얼마나 고강한지 잘 알고 있다.

방금 전에 무슨 수법을 썼는지 모르지만 그의 눈동자와 혀까지 마비시킨 것만 봐도 짐작할 수 있잖겠는가.

금혈마황은 재빨리 눈동자를 굴려서 심관웅 등을 살펴보았다.

그가 보기에 심관웅 등은 이미 제압된 것 같았다.

하긴, 그들이 제압되지 않았다고 해도 아무 도움도 되지 못할 것이다.

부옥령의 차디찬 목소리가 금혈마황의 뒤통수를 때렸다.

"이 말이 끝나기 전에 꿇지 않으면 정녕 죽이겠다."

* * *

심관웅 등은 제압되지 않았지만 금혈마황을 도울 입장이 못 되는 데다 돕고 싶은 마음도 없다.

금혈마황으로서는 자존심을 내세울 상황이 아니다. 무릎을 꿇지 않으면 죽인다고 하지 않는가.

명보운은 약간 떨어진 곳에 우두커니 선 채 숨소리도 크게 내지 못하고 있다.

금혈마황으로서는 최악의 상황에 처했다. 설마 여기에 진천룡과 그의 측근들이 있을 줄은 꿈에도 몰랐었다.

그는 도망칠까 하고 잠시 궁리했으나 그것은 성공할 확률이 일 할에도 못 미칠 것 같았다.

다시 말하면 도망치다가 죽을 확률이 구 할 이상이라는 뜻이므로 바보가 아닌 이상 시도하면 안 된다.

심관웅 등은 과연 금혈마황이 무릎을 꿇을 것인지 자못 귀추가 주목되는 표정으로 지켜보았다.

그러면서도 그들은 금혈마황이 죽으면 죽었지 굴복하지는 않을 것이라고 짐작했다.

그들이 알고 있는 금혈마황은 자존심이 엄청 강한 인물이기 때문이다.

잠시 심연처럼 깊고 무거운 침묵이 흐르다가 어느 순간 금혈마황의 무릎이 꺾였다.

쿵!

그러고는 둔탁한 소리를 내며 바닥에 무릎을 꿇었다.

"아……."

"음……."

누군가의 입에서 나직한 탄성과 신음이 흘러나왔다. 설마 금혈마황이 무릎을 꿇을 줄은 몰랐기 때문에 충격이 컸다.

"고개 들어라."

부옥령은 금혈마황 앞에 두 다리를 벌리고 서서 명령했다.

고개를 드는 금혈마황 얼굴에 착잡함이 떠올랐다.

부옥령은 심관웅에게는 어느 정도 예의로 대했으나 금혈마황은 가차 없이 깔아뭉갰다.

그것을 모를 리가 없는 심관웅은 부옥령에게 고마움마저 느껴졌다.

부옥령은 금혈마황을 벌레를 보듯이 대했다.

"우리를 다시 만나게 되면 죽을 것이라는 사실을 예상하고 있었겠지?"

실제 나이가 구십칠 세지만 겉으로는 육십 대로 보이는 금혈마황의 뺨이 보기 싫게 씰룩거렸으나 말을 하진 않았다.

그때 진천룡이 조용한 목소리로 말했다.

"풀어주면 검황천문과의 인연을 끊고 은거하겠소?"

부옥령은 작게 반발했다.

"이런 놈은 죽여야 해요. 걸레는 아무리 빨아도 걸레거든요. 개가 똥을 마다하겠어요?"

부옥령의 말 몇 마디에 금혈마황은 걸레가 되었다가 다시 개가 됐다.

그러나 금혈마황은 아무 말도 하지 못했다. 그의 생사를 손에 쥐고 있는 자들이 생사를 논하고 있기 때문이다. 이런 상황에 말 한마디 잘못했다가는 불귀의 객이 될 수도 있다.

진천룡이 다시 말했다.

"대답하지 않는 것은 검황천문과 인연을 끊지 않겠다는 말이오?"

"아… 아닐세. 인연을 끊겠네……!"

금혈마황은 깜짝 놀라며 급히 대답했다.

진천룡은 다짐을 주었다.

"다시 내 눈에 띄면 목숨을 취할 것이오."

금혈마황은 무슨 수를 써서라도 여기에서 살아 나가기만 하면 된다고 생각했다.

"알았네."

"령아, 금혈마황의 무공을 폐지해라."

진천룡이 부옥령에게 명하자 금혈마황은 화들짝 놀라서 벌떡 일어섰다.

"그게 무슨 헛소리냐?"

"앉아라!"

부옥령이 날카롭게 꾸짖으며 금혈마황에게 일장을 뿜었다.

"어딜!"

자신이 농락당했다고 판단한 금혈마황은 쩌렁하게 호통치면서 부옥령의 일장에 맞서 반격했다.

스퍽!

"끄윽!"

두 줄기 장력이 중간에서 격돌했으나 나뭇가지로 젖은 이불을 두드리는 듯한 음향만 났을 뿐이다.

부옥령이 금혈마황의 장력을 흡수하면서 공격했기 때문이다.

금혈마황은 입에서 핏물을 화살처럼 뿜으면서 뒤로 비틀거리며 물러났다.

반면에 부옥령은 제자리에 우뚝 선 채 한 발자국도 물러나지 않았다.

금혈마황은 부옥령을 사납게 쏘아보면서 암암리에 전 공력을 두 손에 집중시켰다.

"어린 계집애가 버르장머리가 없구나."

"노마야, 먼저 간 네 마누라 곁으로 가고 싶어서 발악하는 것이냐?"

지난번 남창 조양문에서의 싸움에서 금혈마황의 부인 요천여황 자염빙이 죽었었다.

"이년! 뒈져랏!"

자신의 죽은 아내를 들먹이면서 조롱하자 금혈마황은 분노하여 전 공력을 쌍장으로 뿜어내며 금혈신강을 발휘했다.

콰우웅!

무림의 금기인 무림칠금공에 속한 전대의 절학 금혈신을 전 공력으로 발출했으니 그 위력이 어떨지 짐작할 수 있다.

부옥령은 겉으로는 차갑게 웃고 있으나 감히 방심하지 못하고 그녀 역시 전력으로 적멸광을 뿜어냈다.

스파앗!

다음 순간 두 줄기 강력한 강기가 중간에서 충돌했다.

꽈꽝!

"으악!"

태풍 같은 반탄력이 사방으로 흩어졌지만 아무도 거기에 휘말리지 않았다.

종초홍과 소정원이 무형지기를 발출하여 부옥령과 금혈마황 주위에 무형막을 둘러쳤기 때문이다.

금혈마황은 상체가 뒤로 벌렁 자빠져서 퉁겨 날아가다가 무형막에 부딪쳐서 바닥에 떨어졌다.

쿵!

금혈마황은 천장을 보고 누운 자세로 온몸을 부들부들 떨면서 칠공에서 피를 쏟았다.

"흐으으……."

그는 갈비뼈와 목뼈가 박살이 나고 심장과 폐가 으스러졌으며 내장이 터져서 화타가 온다고 해도 살리지 못할 만큼 중상을 입었다.

그는 반쯤 뜨고 초점 없는 눈으로 천장을 바라보며 알아듣기 어렵게 헐떡거렸다.

"으으으… 주… 죽여… 다오… 제발……."

진천룡이 가볍게 고개를 끄떡이는 것을 보고 부옥령이 가볍게 소매를 흔들었다.

팍!

"흑……."

한 줄기 지강이 미간을 뚫자 금혈마황은 몸을 가늘게 부르르 떨다가 눈을 부릅뜬 채 숨이 끊어졌다.

좌중에는 무거운 고요가 흘렀다.

부옥령은 자리에 앉아서 진천룡의 빈 잔에 술을 따르고는 자신의 잔에도 술을 부었다.

심관웅과 명보운 등은 설마 금혈마황이 이처럼 간단하게 죽을 것이라고는 꿈에서도 상상해 본 적이 없었다.

어쨌든 금혈마황은 전대의 거물이고 여기에 있는 검황천문 고수들 중에서 가장 고강한 인물이었다.

그런 그가 이처럼 맥없이 죽는 광경을 보고 나니까 심관웅 등은 아까보다 더욱 위축되었다.

부옥령은 술잔을 들면서 명보운을 쳐다보았다.

"금혈마황하고 어딜 갔었느냐?"

탁자에서 조금 떨어진 곳에 우두커니 서 있던 명보운은 부옥령의 말에 화들짝 놀랐다.

"아아… 천군성 사람을 만나고 왔습니다……."

구태여 그러지 않아도 되는데도 명보운은 매우 공손한 태도를 취했다.

"누구를 무엇 하러 만났느냐?"

명보운은 자신과 금혈마황이 어디에 가서 무얼 했는지에 대해서 숨기고 싶은 생각이 추호도 없다.

"천군성 태상군사를 만나서 타협을 하려고 했습니다."

부옥령은 진천룡에게 전음으로 설명해주었다.

[태상군사는 천군성의 제이인자예요. 아마 그가 천군고수를 진두지휘하고 있을 거예요.]

부옥령은 명보운에게 다시 물었다.

"어떤 타협이냐?"

명보운은 심관웅 쪽을 힐끗 보고 나서 목소리를 낮추어 대답했다.

"우리와 천군성이 연합하여 영웅문을 괴멸시키고 나면 우리가 천군성 휘하로 들어가겠다고 했습니다."

기발하면서도 검황천문으로서는 사용할 수 있는 최후의 패라고 할 수 있다.

스스로 천군성 휘하에 들어가겠다고 할 정도로 영웅문이라면 이가 갈린다는 뜻이다.

그 약속을 지킬지 안 지킬지 모르지만 그만큼 절박하게 궁지에 몰렸다는 뜻이기도 하다.

검황천문에게 복속한 방파와 문파들에서 고수를 파견하여 점점 세력이 커지고 있지만 그것은 어디까지나 일시적인 현상일 뿐이다.

현재 검황천문이 처한 참담한 상황을 그 방파와 문파들이 알게 되는 것은 시간문제다.

그렇게 되면 그들은 속속 이탈하여 자파로 돌아갈 것이고 검황천문 잔존세력에 어떤 도움도 주지 않을 것이다.

그러기 전에 한시바삐 천군성과 손을 잡고 함께 영웅문을 괴멸시킨다면 일단 발등에 떨어진 불은 끄게 된다.

부옥령 입가에 흐릿한 미소가 걸렸다.

"그래서 천군성 태상군사가 뭐라고 하더냐?"

"그러겠다고 했습니다."

"그것뿐이냐?"

부옥령은 태상군사 하명웅을 너무도 잘 알고 있다. 그는 두뇌가 신적으로 비상한 인물이라서 어떤 장치도 없이 금혈마황의 요구를 수락하지는 않았을 것이다.

"아닙니다."

"말해라."

부옥령은 사람들의 시선을 의식하지 않고 젓가락으로 요리를 집어서 진천룡 입에 넣어주었다.

명보운은 완전히 자포자기한 모습으로 대답했다.

"태상군사가 말하기를 내일 아침에 탕산 북쪽 벌판에 검황천문의 전 세력을 집결시키라고 했습니다."

"그다음에는?"

부옥령은 그게 끝이 아닐 것이라고 판단했다.

"천군성과 합세하여 검황천문 본문을 합공하기로 했습니다."

"천군성 태상군사는 영웅문이 검황천문 본문을 장악하여 그곳에 주둔하고 있다는 사실을 알고 있겠지?"

명보운은 눈치를 살피며 고개를 끄떡였다.

"태상군사가 말하기를, 검황천문 본문에 있는 영웅문을 괴멸시킨 후에 그곳을 천군성 남경지부로 삼을 거라고 했습니다."

"흐흠! 좋은 생각이로군."

진천룡은 천군성 태상군사라는 인물이 설옥군의 의도에 반하는 결정을 내린 것이라고 생각했다.

왜냐하면 설옥군이라면 절대로 영웅문을 공격하지 않을 것이기 때문이다.

'천군성과 영웅문은 공생한다' 그것이 설옥군의 뜻이라고 백강조가 전해주었다.

그런데 태상군사가 금혈마황의 조건을 받아들여 검황천문 본문에 있는 영웅문을 공격한다면 그것은 설옥군의 뜻을 거역하는 것이다.

진천룡이 생각하는 것을 부옥령도 똑같이 생각하고 있기에 그녀는 코웃음이 났다.

"흥! 그것은 천군성주의 뜻은 아닐 것이다."

명보운은 의아한 표정을 지었다.

"태상군사는 천군성의 제이인자가 아닙니까? 그의 뜻이라면 천군성주도 같은 뜻이 아닐까요?"

"그럴까?"

명보운은 제 나름의 생각을 피력했다.

"천군성의 가장 큰 적은 검황천문과 영웅문입니다. 물론 무극애와 호천궁, 창파영이 있지만 가장 큰 적이라고 할 수는 없습니다."

부옥령은 고개를 끄떡였다.

"그런 두 적을 한꺼번에 해결할 수 있는 길이 열렸는데 그 방법을 쓰지 않겠습니까?"

명보운의 말은 상당한 설득력이 있었다.

"천군성이 천하대계를 개시한 것 같습니다. 그런데도 이런 절호의 방법을 무시하겠습니까?"

"흠."

명보운은 조금씩 용기를 내기 시작했다.

"평정한 후에 정리한다. 이것이 절대자의 방침입니다."

부옥령은 진천룡의 얼굴을 한 번 쳐다보고 나서 가볍게 고개를 끄떡였다.

"그럴 수도 있겠지."

바로 그때 창밖에서 조용한 목소리가 들렸다.

"그건 당신이 틀렸어요."

"아!"

"헛!"

부옥령과 진천룡은 똑같이 놀라서 창 쪽을 쳐다보았다.

스르르…….

그때 창이 열리면서 가벼운 미풍이 부는 듯하며 그윽한 향기와 함께 한 사람이 구름을 탄 것처럼 안으로 들어왔다.

그 사람을 발견하고 모두 놀랐지만 진천룡과 부옥령만큼은 아닐 것이다.

"옥군!"

"소저!"

두 사람은 소스라치게 놀라서 소리쳤다.

모두의 시선을 받으면서 실내 한가운데에 새털처럼 가볍게 내려서고 있는 사람은 다름 아닌 설옥군이었다.

진천룡과 부옥령은 어느새 자리에서 일어나 그녀에게 다가가고 있었다.

설옥군의 시선이 자신을 향해 주춤거리면서 다가오고 있는 진천룡에게 향했다.

"천룡."

진천룡은 그녀에게 한 걸음까지 가까이 다가가며 두 손을 내밀었다.

"옥군!"

第二百十章

양보 없는 사랑

다가오는 진천룡을 대하는 설옥군의 얼굴에 복잡한 표정이 스치듯이 떠올랐다.

진천룡은 설옥군의 얼굴에 설핏 곤혹스러움이 떠오른 것을 발견했다.

착각인가 싶었는데 아니다. 설옥군의 눈에는 반가움과 망설임이 혼재되어 떠올라 있었다.

진천룡은 그녀가 과거의 기억을 완전히 되찾았다는 사실을 깨닫고 멈칫했다.

그녀는 진천룡이 알고 있는 예전의 그녀가 아니었다. 그와 일 년 반 동안 연인처럼 거의 붙어 지냈던 아름답고 순수한 설옥군이 아니다.

그녀는 천군성주 천상옥녀인 것이다.

다가가던 진천룡의 걸음이 멈춰졌다. 갑자기 그녀가 매우 낯설다는 기분이 들었기 때문이다.

설옥군은 진천룡의 표정을 보고 그의 마음을 감지했다.

슥!

그때 설옥군이 앞으로 다가서며 먼저 손을 뻗어 진천룡의 손을 잡았다.

그녀의 손은 예전처럼 매우 따스했다.

진천룡은 손을 설옥군에게 맡긴 채 그녀를 바라보았다.

두 사람의 시선이 허공에서 마주쳐 엉키고 침묵의 의미가 복잡하게 오갔다.

그는 설옥군을 보는 순간 달려가서 힘껏 안고 싶었고 지금도 그 마음은 변하지 않았다.

그러나 그녀가 안는 것을 원하지 않는 것 같았다. 원하지 않는 일은 하고 싶지 않았다.

이 자리에서 설옥군이 누군지 아는 사람은 진천룡과 부옥령뿐이었다.

사아…….

그때 창을 통해서 또 한 사람이 들어왔다. 그 사람은 자운이며 진천룡을 발견하는 순간 얼굴 가득 반가움과 기쁨이 가득 떠올랐다.

하지만 자운이 워낙 기척 없이 들어섰기 때문에 그녀를 쳐다보는 사람은 아무도 없었다.

진천룡은 오로지 설옥군에게만 온 신경을 쏟고 있기 때문에 자운을 쳐다보지도 않았다.

자운이 둥실 날아와서 설옥군 뒤에 소리 없이 내려서자 그제야 사람들은 그녀라는 존재를 인식했다.

설옥군의 표정이 하나로 정돈되었다. 온화함과 반가움이다. 항주에서 진천룡과 같이 지냈을 때의 모습이다.

진천룡이 보기에 설옥군은 두 개의 기억 사이에서 괴로워하고 있는 것 같았다.

진천룡은 그녀의 그런 점을 충분히 이해하기에 짠한 마음이 들었다.

설옥군은 진천룡을 그윽하게 바라보며 말문을 열었다.

"천룡에게 하고 싶은 말이 있어요."

그녀는 천하대계를 이룰 때까지는 진천룡 앞에 나타나지 않으려고 했었다.

그러나 현재 돌아가고 있는 상황이 막연하게 팔짱 끼고 기다리고만 있을 수 없을 것 같아서 그의 앞에 나선 것이다.

진천룡이 탁자를 가리켰다.

"앉읍시다."

그러면서 진천룡은 그녀가 자신의 옆에 앉기를 은근히 바랐다. 예전에 그녀는 항상 그의 옆에 앉았었다.

그런데 설옥군은 조금 머뭇거리는 것 같더니 진천룡 맞은편에 마주 보고 앉았다.

원래 진천룡 맞은편에는 심관웅과 겸포, 하승우가 나란히 앉아 있었는데 설옥군이 그쪽에 앉자 세 명은 벌떡 일어나 좌우로 물러났다.

심관웅을 비롯한 세 명과 명보운은 설옥군에게서 시선을 떼지 않으면서 그녀가 누군지 몹시 궁금하게 생각했다.

진천룡은 설옥군이 자신의 옆에 앉아주기를 바랐지만 그게 이루어지지 않았다고 해서 서운하지 않았다.

그 대신 설옥군은 손을 뻗어 탁자 위에서 진천룡의 두 손을 꼭 잡고 말을 시작했다.

"천룡, 부탁이 있어요."

설옥군은 눈을 깜빡이지도 않고 그의 눈을 말끄러미 응시하며 말을 이었다.

"항주 영웅문으로 돌아가세요."

진천룡과 중인들은 아무 말도 하지 않고 그녀의 말을 조용히 듣기만 했다.

"일이 끝나면 천룡에게 가겠어요. 그 후에 우리 둘이 같이 살아요. 그래서 나는 천룡의 여자가 될 거예요."

종초홍과 소정원, 우순현의 눈이 휘둥그레지면서 얼굴 가득 경악지색이 떠올랐다.

그녀들뿐만 아니라 심관웅 등도 이게 대체 무슨 상황인지

어리둥절한 표정을 지었다.

진천룡은 설옥군의 '나는 천룡의 여자가 될 거예요'라는 말에 빙그레 미소를 지었다.

"천하대계를 끝내고 나서 내게 오겠다는 것이오?"

그의 물음에 설옥군은 놀라지도 않고 방그레 예쁘게 미소 지었다.

"그러겠어요."

심관웅 등은 소스라치게 놀랐다.

'천하대계…….'

거의 같은 순간에 그들의 뇌리에 떠오르는 한 사람, 아니, 여자가 있었다.

'맙소사… 천상옥녀라니…….'

지금 이 상황에서 떠올릴 수 있는 여자는 오로지 한 사람밖에 없다.

대저 당금 무림에서 어떤 여자가 감히 천하대계를 입에 올릴 수 있겠는가.

심관웅 등은 다리가 후들후들 떨렸다. 자신들의 눈앞에 당금 무림의 최고 거물인 영웅문주와 천군성주가 마주 보며 대화를 나누고 있지 않은가.

부옥령은 아무 말도 하지 않은 채 잔잔한 표정으로 진천룡을 바라볼 뿐이다.

부옥령은 모든 것을 진천룡에게 맡겼고 그가 결정하면 거기에 따를 것이다.

부옥령은 진천룡이 어떤 생각을 하고 있으며 그래서 어떤 결정을 내릴 것인지 짐작하고 있다.

진천룡도 설옥군도 오로지 상대만 주시할 뿐이지 아무도 쳐다보지 않았다. 두 사람은 이곳에 자신들만 있는 것이라고 생각하는 것 같았다.

설옥군은 자신이 한 말을 두 번 반복하지 않았고, 어떻게 하겠느냐고 묻지도 않았다.

진천룡은 설옥군에게 잡힌 손을 빼서 빈 잔을 내밀었다.

"마시겠소?"

그는 설옥군과의 어색해진 관계를 이어주기를 원하면서 술을 권했다.

그녀가 술잔을 받는다면 두 사람은 다시 예전처럼 이어질 가능성이 농후해지는 것이다.

두 사람은 일 년 반 동안 함께 지내면서 거의 절반은 술에 취해 있었다.

그리고 두 사람은 상대의 말이나 요구를 한 번도 거스른 적이 없었다.

슥!

설옥군이 섬섬옥수를 내밀어 빈 잔을 잡자 진천룡은 환한 얼굴로 술을 부었다.

설옥군은 술잔을 들고 입으로 가져가다가 진천룡을 바라보며 살포시 미소를 지었다.

"좋아 보여요."

"옥군이 없는데 좋을 리가 있겠소?"

부옥령이 입술을 삐죽거리는 것을 진천룡과 설옥군은 보지 못했다.

설옥군은 다정한 표정으로 사근거리며 말했다.

"조금만 더 기다리세요. 오래 걸리지 않을 거예요."

"옥군."

"말하세요."

진천룡은 조용히 말문을 열었다.

"지금 내게 오면 안 되겠소?"

설옥군은 방그레 아름답게 미소 지었다.

"할 일이 있어요. 천룡도 알잖아요."

"천하대계 말이오?"

"네."

"그런 것 다 집어치우고 내게 올 수 없소?"

만약 설옥군이 그래 준다면 진천룡도 야망 같은 것은 다 내던지겠다고 생각했다.

설옥군은 미소를 잃지 않았다. 그녀는 떼쓰는 아이를 달래듯 더욱 온화한 미소를 지었다.

"예전 같았으면 그렇게 할 수 있는데 지금의 나는 그때와 다르잖아요."

"옥군이 천군성주이기 때문이오?"

"그래요."

진천룡은 진지한 표정을 지었다.

"하나 묻겠소."

"말하세요."

"옥군에게 천하대계가 중요하오? 아니면 내가 중요하오?"

이런 질문은 어린아이나 사랑놀음에 빠져 있는 철부지 남녀가 하는 것인데 진천룡의 입에서 흘러나왔다.

그렇지만 그가 말하고 있는 핵심이 얼마나 중요한지 알고 있는 사람 즉, 설옥군과 부옥령은 누구보다 진지했다.

그래도 설옥군은 미소를 잃지 않았다. 예전에 그녀는 진천룡에게 부드럽거나 미소를 짓는 모습 이외의 다른 모습은 보여준 적이 없었다.

모두의 시선을 받으며 설옥군의 붉은 입술이 나풀거렸다.

"내겐 둘 다 중요해요."

진천룡 눈 깊은 곳에 실망의 기색이 스치는 것을 오로지 설옥군만 발견했다.

진천룡은 천하대계보다는 자신이 더 중요하다는 대답을 원했었다.

설옥군은 그가 실망하는 것을 무시했다. 만약 그녀가 같은 질문을 하고, 진천룡이 그런 대답을 하더라도 그녀 역시 실망할 테니까 말이다.

그때 진천룡은 한 가지 사실을 깨달았다. 즉, 천하제패에 대한 야망과 설옥군을 사랑하는 것 둘 다 자신에게도 매우 중요하다는 사실이다.

그리고 천하제패에 대한 야망과 사랑은 별개의 일이라는 사실도 더불어 깨달았다.

야망은 야망이고 사랑은 사랑이다. 둘이 같을 수가 없다. 하늘과 땅이 다르고 물과 불이 다르듯이 이 둘은 엄연히 다른 근본에서 시작된 것이다.

가장이 집에 들어오면 아내와 사랑을 하고, 밖에 나가면 바깥일을 하는 것과 같다.

그래서 진천룡은 설옥군에게 둘 중에 하나만 고르라고 억지를 부리지 않았다. 자신도 같은 길을 가고 있기 때문이다.

"알겠소."

설옥군은 언제나 자신의 말에 잘 따르던 진천룡이 여전히 변함없다는 사실을 확인하고 방그레 예쁜 미소를 지었다.

그녀는 손을 뻗어 진천룡의 뺨을 부드럽게 어루만지면서 다정하게 말했다.

"내가 갈 때까지 집에서 편히 쉬고 있어요."

슥—

진천룡은 자신의 뺨을 만지고 있는 설옥군의 손을 잡았다.

"나도 할 일이 있어서 당분간 집에 돌아가지 못하오."

설옥군은 고개를 끄떡였다.

"그렇군요. 그럼 볼일 끝나고 돌아가세요."

그녀는 무슨 일이냐고 묻지 않았다. 설마 자신과 같은 일일 것이라고는 조금도 상상하지 않는 것 같았다.

진천룡은 설옥군의 빈 잔에 술을 따르면서 조용히 말했다.

"옥군, 천군성으로 돌아가시오."

설옥군은 가볍게 놀라는 표정을 지었다.

"무슨 뜻이죠?"

"강남은 영웅문의 세력권이오."

"천룡……."

설옥군은 비로소 진천룡의 말뜻, 아니, 그의 본심을 깨닫고 적잖이 놀라는 표정을 지었다.

"아……."

그녀는 진천룡이 지금껏 자신이 알고 있던 그가 아니라는 사실을 깨닫고 조금 더 놀랐다.

"왜 그러는 건가요, 천룡?"

"옥군은 왜 그러는 것이오?"

진천룡의 반문에 설옥군은 입을 다물었다.

설옥군이 기억을 되찾아 천군성주의 신분으로 돌아가 천하대계를 개시한 것이나, 진천룡에게 야망이라는 것이 생기고 그것이 커져서 강남무림을 지배하겠다고 선언하는 것이나 별반 다를 게 없다는 뜻이다.

진천룡을 바라보는 설옥군의 표정이 놀라움에서 차분함으

로 바뀌는 데에는 오랜 시간이 걸리지 않았다.

진천룡은 조용한 음성으로 말을 이었다.

"나는 원래 천하를 도모할 계획이었으나 옥군이 천군성으로 돌아간다면 강북무림은 건드리지 않겠소."

그 말은 천하를 강남과 강북으로 양분하여 자신과 설옥군이 각각 지배하자는 뜻이다.

설옥군은 잠시 침묵했다가 조용히 말했다.

"나는 강북과 강남 둘 다 필요해요."

"할머니 때문이오?"

설옥군은 깜짝 놀랐다.

"할머니를 만났나요?"

"그렇소."

설옥군은 자신의 뒤에 서 있는 자운을 돌아보았다.

설옥군은 자운에게 아무 말도 하지 않았으나 '왜 그런 말을 해주지 않았나요?'라고 책망하는 표정을 지었다.

그러나 자운은 모르는 체 시치미를 뚝 떼고 있었다.

이번에는 진천룡이 설옥군에게 물었다.

"천하대계는 할머니의 뜻이오?"

"그렇기는 하지만 내 뜻이 더 강해요. 나는 반드시 천하를 제패한 후에 은퇴할 거예요."

"그냥 은퇴하면 안 되오?"

"안 돼요."

진천룡은 미간을 잔뜩 좁혔다.

"이유가 무엇이오?"

설옥군은 잠시 숙이고 있던 고개를 들고 진천룡을 바라보며 말했다.

"여자에게도 야망이란 것이 있어요."

"……."

진천룡은 아무 말도 할 수 없었다.

설옥군은 잔잔한 눈빛으로 진천룡을 응시하며 말했다.

"당신은 내가 알고 있던 천룡이 아니로군요."

진천룡은 가볍게 고개를 끄떡였다.

"옥군이 그렇게 말한다면 그대도 내가 알고 있던 예전의 옥군이 아닌 것 같소."

"그래요."

설옥군은 자신이 변했기 때문에 진천룡도 변할 수 있다고 생각했다.

아니, 그녀는 예전으로 돌아갔지만 진천룡이라는 사랑의 기억이 하나 더 생겼다.

반면에 진천룡은 설옥군이 떠난 이후에 그녀의 공백을 야망이라는 괴물이 차지해 버렸다.

그것은 너무도 자연스러운 순서였다. 강남무림의 절대자였던 검황천문을 괴멸시킬 정도로 거대해진 영웅문의 문주인 그는 거기에 만족할 수가 없었다.

진천룡의 야망은 눈 쌓인 높은 언덕 위에서 굴러 내려오는 눈덩이 같은 것이었다.

구르기 시작한 이후 한 번도 멈추지 않았으며, 구를 때마다 점점 더 커져만 갔었다.

설옥군은 상체를 꼿꼿이 세우고 나붓이 말했다.

"어쨌든 나는 천하대계를 이루고 나서 천룡을 만나러 영웅문에 갈 거예요."

천하대계를 포기하지도, 강남무림에서 물러나지도 않겠다는 뜻이다.

"옥군."

"내 의지는 확고해요."

진천룡은 무슨 말을 하려고 몇 번 망설이다가 가라앉은 목소리로 말했다.

"천하대계와 나 둘 중에 하나를 고르라면 어떻게 하겠소?"

진천룡은 설옥군을 낭떠러지 끝으로 몰았다. 상황이 그럴 수밖에 없다. 어떤 결론을 내고 헤어져야지 그러지 않으면 죽도 밥도 안 되기 때문이다.

설옥군은 복잡한 표정으로 대답을 하지 못했다.

진천룡은 아예 한 걸음 더 나갔다.

"우리 둘 다 무림을 은퇴합시다."

설옥군은 깜짝 놀라서 원래 큰 눈을 더 크게 떴다.

그녀만이 아니라 부옥령도 움찔 놀라서 진천룡을 쳐다보았다.

진천룡의 그 말은 설옥군을 위해서라면 자신의 야망을 포기할 수도 있다는 뜻이다.

설옥군은 눈도 깜빡거리지 않고 한동안 진천룡을 말끄러미 바라보았다.

설옥군의 눈동자가 잔물결처럼 가벼이 흔들리는 것으로 미루어 갈등하고 있는 것 같았다.

잠시 후에 설옥군은 약간 눈을 내리깔면서 말했다.

“억지 부리지 말아요.”

‘억지라고?’

“내 의지는 확고해요.”

“어떤 의지 말이오?”

“천하대계와 천룡을 사랑하는 것이에요. 내 인생은 그 둘이 전부예요.”

슥!

설옥군은 일어나서 말을 이었다.

“천룡, 영웅문에 돌아가서 기다리세요.”

설옥군은 그 말을 끝으로 창을 통해 삽시간에 빠져나갔다.

진천룡은 벌떡 일어났으나 그녀를 뒤쫓지는 않았다. 다만 심경이 매우 복잡하고 참담할 뿐이다.

[주인님.]

그때 누군가의 전음이 들려서 그쪽을 쳐다보니 자운이 아련한 눈빛으로 그를 응시하고 있다.

"운아."

자운은 진천룡에게 다가와서 그의 손을 꼭 잡고 당부했다.

"몸조심하세요."

진천룡은 창으로 쏘아가는 자운에게 급히 말했다.

"운아, 옥군을 잘 보살펴라."

부옥령은 한쪽에 우두커니 선 채 골똘한 생각에 잠겨 있는 명보운을 향해 느닷없이 소매를 떨쳤다.

아무 음향도 나지 않았지만 명보운은 부옥령이 자신에게 손을 썼다는 것을 직감하고 크게 당황했다.

명보운은 무슨 말인가 외치려고 입을 막 벌렸으나 그보다 한발 앞서 한 줄기 지강이 그의 코앞에서 세 줄기로 갈라져 세 군데 마혈을 제압했다.

파파팍!

"음……."

마혈이 제압된 명보운은 그 자리에 쓰러졌다.

부옥령은 한쪽에 나란히 서 있는 심관웅 등 세 명을 바라보며 낭랑한 목소리로 말했다.

"보다시피 금혈마황은 죽었어요. 당신들은 이제 스스로의 거취를 결정하세요."

예전에 일말의 안면이 있는 심관웅만 아니라면 부옥령은 이들 세 명에게 예의 같은 것은 차리지 않았을 것이다.

심관웅이 쓰러져 있는 명보운을 가리키면서 조심스럽게 입을 열었다.

"저 친구는 왜 제압한 것이오?"

부옥령은 팔짱을 끼고 대답했다.

"저놈은 필요하지 않으니까요."

심관웅은 자신과의 안면 때문에 부옥령이 그나마 잘 대해준다는 사실을 알고 있었다.

"필요 없다는 것은 무슨 뜻이오?"

명보운 같은 재능 있는 사람이 필요가 없다면 심관웅과 겸포, 하승우는 대체 무슨 쓸모가 있겠는가.

"잔머리 굴리는 놈은 필요하지 않다는 거예요."

"아……."

"우린 검황고수들과 검황천문에 복속한 방파, 문파들을 다스릴 사람이 필요해요."

"어쩌려는 것이오?"

사실 심관웅 등은 그게 제일 궁금했다.

진천룡은 탁자 앞에 앉아서 굳은 얼굴로 술잔을 기울이며 생각에 잠겨 있으며, 종초홍과 소정원이 양쪽에 앉아서 그의 시중을 들고 있다.

부옥령은 탁자 옆에 우뚝 선 자세로 말했다.

"조금 전까지 이곳에서 일어난 일들을 잘 봤겠죠?"

진천룡과 설옥군이 나눈 대화를 가리키는 것이다.

"잘 들었소."

심관웅은 고개를 끄떡이고 나서 조심스럽게 물었다.

"아까 그 소저가 천상옥녀요?"

"그래요."

심관웅은 진천룡을 쳐다보았으나 차마 말을 꺼내지는 못했다.

부옥령은 가볍게 고개를 끄떡였다.

"들어서 알겠지만 천상옥녀는 주군의 연인이에요."

"아……."

심관웅이 그럴 줄 알았다는 듯 고개를 끄떡이는데 하승우가 불쑥 나섰다.

"우릴 어쩌려는 것이오?"

부옥령은 상큼 아미를 치켜떴다.

"아까 천상옥녀가 하는 말 듣지 못했느냐?"

"들었소. 그래서 묻는 것이오."

"너희들은……."

"영웅문주에게 직접 듣고 싶소."

하승우의 직설적인 말에 부옥령은 발끈했으나 지금 돌아가는 상황으로 봤을 때 그녀라고 해도 하승우처럼 말했을 것이라서 화를 내지 않았다.

모두의 시선을 받으며 진천룡은 천천히 술잔을 비우고 가라앉은 목소리로 말했다.

"내 생각을 묻는 것이냐?"

"그렇소. 문주는 천군성주에게 강남에 침범하지 말라고 경고했지만 그녀는 말을 듣지 않을 것 같소."

"그럴 테지."

"그러면 문주는 어떻게 대응할 것이오? 천상옥녀 말대로 영웅문에 돌아가서 그녀를 기다릴 것이오?"

부옥령은 진천룡이 그러지 않을 것이라고 짐작하지만 그래도 그의 입으로 직접 대답을 듣고 싶었다.

"내 말을 못 들었느냐?"

"무슨 말을……."

"나는 강남무림을 지킬 것이다."

부옥령은 그렇게 말하는 진천룡 얼굴 표정이 단단하게 굳어 있는 것을 보았다.

현재 천군성은 이미 장강을 건너 강남땅에 발을 들여놓은 상황이다.

"천군성이 물러가지 않으면 어떻게 할 것이오?"

그것은 부옥령이 진천룡에게 직접 묻고 싶은 말이다.

"물러가게 해야지."

"그래도 만약……."

"그만."

진천룡은 술잔을 쥔 손을 들어 하승우의 말을 막았다.

"너희들, 영웅문에 들어와라."

"검황고수로서 영웅문 편을 드는 것이오? 아니면 정말 영웅문 수하가 되는 것이오?"

하승우의 당돌한 물음에 진천룡은 즉답했다.

"원하는 대로 해주마."

하승우는 심관웅과 겸포를 한 번 보고 나서 진지하게 말했다.

"나와 이천 명의 태제령수들은 영웅문 휘하가 되고 싶소."

그는 전체 검황고수들과는 별개로 자신과 이천여 태제령수들의 거취를 결정하려고 했다.

"나와 태제령수들은 검황고수들과는 근본적으로 다르기 때문에 별도의 차별화된 대우를 원하오."

진천룡은 고개를 끄떡였다.

"나도 그렇게 생각한다."

하승우는 그제야 단단하게 굳었던 얼굴을 조금 풀었다.

"고맙소."

진천룡은 일어나서 입구로 걸어가며 말했다.

"다 합류시켜서 검황천문 본문에 집결시켜."

*　　　　*　　　　*

팔괘주(八卦洲)는 남경과 거의 붙어 있는 거대한 섬이다.

남경과 샛강 하나를 사이에 두고 있는 팔괘주는 남경 절반 크기의 섬이며 집은 한 채도 없는 허허벌판이다.

그곳 팔괘주에 천군성 고수들이 주둔을 시작했다.

남경과 사이에 두고 있는 샛강의 폭은 이십여 장에 불과하지만, 북쪽으로 휘돌아 흐르는 장강의 폭은 그 다섯 배인 백여 장에 달한다.

장강 건너 북쪽 포구현(浦口縣)에서 수많은 거선들이 출발하여 팔괘주에 고수들과 온갖 물자들을 끊임없이 쏟아놓았다.

천군고수들은 통나무로 집을 짓거나 커다란 천막을 치고, 엄청난 양의 곡식을 비롯한 식료품들을 차곡차곡 쌓았다.

"팔괘주에 운집한 천군고수의 수는 오만이 넘었습니다."

실내에는 진천룡과 부옥령을 비롯한 측근들이 모여서 긴밀한 회의를 하고 있다.

방금 보고를 한 명보운이 말을 이었다.

"며칠 전까지만 해도 팔괘주는 허허벌판이었지만 지금은 일개 현만큼이나 사람들로 북적입니다."

며칠 전에 부옥령은 명보운이 필요 없다면서 제거하려다가 살려주었다.

그렇게 한번 뜨거운 맛을 봐야지만 기가 꺾여서 고분고분해진다는 것이 부옥령의 생각이었다.

부옥령은 명보운을 임시 군사로 임명했으며, 명보운은 자신의 진가를 보이겠다면서 열성적으로 일하고 있다.

"천군고수들은 아직 남경으로 들어오지는 않고 있습니다만, 정렬이 끝나면 행동을 개시할 것입니다."

태사의에 깊숙이 몸을 묻고 있는 진천룡이 조용한 목소리로 물었다.

"정렬이 끝난다는 것은 뭐냐?"

"팔괘주에 있는 천군고수들의 동향을 살펴보면 현재 꾸준히 고수들이 운집하고 있습니다."

"고수들이라……."

"천군성 본성의 정예고수 십이만에, 천군성에 복속한 방파와 문파의 고수 즉, 복속고수가 삼십만 명쯤 운집할 것이라고 예상됩니다."

천군성 정예고수 십이만에 복속고수 삼십만을 합하면 사십이만이다.

진천룡을 비롯한 중인들 모두 진지한 표정으로 입을 굳게 다물고 있다.

"제 소견으로는 아마 천군성이 팔괘주에 그들을 모으고 있는 것 같습니다."

"사십이만을 말인가?"

"그 이상일 수도 있습니다."

"사십이만 이상이라고?"

명보운은 공손히 설명했다.

"강북무림은 강남무림보다 방파와 문파의 수가 두 배 반에 달합니다. 그렇기 때문에 복속고수를 총동원하면 족히 백만을 훌쩍 넘길 겁니다."

"으음! 백만이라니……."

진천룡은 가만히 있는데 좌중 어디선가 떨리는 신음이 흘러나왔다.

"백만을 다 소집하지는 않겠지만 천군성주의 의지에 따라서 오십만을 모으는 것은 어렵지 않을 겁니다."

실내에 무거운 침묵이 흘렀다. 모두 어떤 불길한 예상을 하느라 어두운 표정을 지었다.

부옥령이 불쑥 물었다.

"우리 쪽을 다 모으면 얼마나 되지?"

"십오만 정도 될 겁니다."

진천룡은 천군성과의 일대격전은 피할 수 없는 운명이라고 생각했다.

그렇다고 해서 설옥군을 미워하지는 않는다. 그녀를 충분히 이해하기 때문이다.

싸움을 피할 생각은 없다. 설옥군에게 야망이 있다면, 진천룡에게도 버릴 수 없는 야망이 있기 때문이다.

진천룡은 좌중을 둘러보면서 조용히 말했다.

"내게 한 가지 방법이 있다. 그런데 이 방법이 옳은 것인지 그른 것인지 모르겠다."

모두 숨을 죽이고 그의 말에 귀를 기울였다.

"자네들 중에 내 의견과 같은 사람이 있다면 이 방법을 추진

하겠다. 말해보라. 어떤 방법이 좋겠나?"

중인들의 생각이 진천룡과 같으면 그 방법을 실행에 옮겨도 좋다는 생각이다.

모두 골똘히 생각에 잠긴 모습인데, 명보운이 진천룡을 보며 조심스럽게 말했다.

"적을 고립시키는 것 아닙니까?"

진천룡은 미소를 지으며 무릎을 쳤다.

"맞다."

第二百十一章

폭풍전야

진천룡의 손바닥에서 무형의 강기가 기척 없이 발출되었다.

스퍼퍼퍽!

물에 젖은 솜뭉치를 가볍게 두드리는 듯한 음향이 연이어 몇 번 터졌다.

진천룡은 강물 속에서 포구에 정박해 있는 배의 밑창에 구멍을 뚫고 있는 중이었다.

포구에는 삼십여 척의 거선들이 정박해 있었는데 지금 진천룡과 부옥령은 둘이서 물속에 잠긴 거선의 밑바닥을 뚫고 있었다.

이 거선들은 낮 동안 팔괘주로 수많은 고수들과 물자들을 실어 날랐었다.

팔괘주에 제이의 천군성을 만드는 데 이 거선들이 중요한 역할을 하고 있다.

만약 거선들을 모조리 가라앉혀 버린다면 천군성의 계획이 중단되고 말 것이다.

지금은 밤이라서 포구에 정박해 있지만 내일 아침 날이 밝으면 삼십여 척의 거선들이 쉴 새 없이 팔괘주에 천군성 고수들과 물자들을 실어 나를 터이다.

그 사실을 천군성도 잘 알고 있기에 포구의 경계는 삼엄하기 짝이 없는 상황이다.

그래서 들키지 않고 거선들을 모조리 침몰시키려고 진천룡과 부옥령만 왔다.

소정원과 종초홍은 포구의 은밀한 장소에 숨어서 두 사람을 기다리고 있었다.

방금 전에 진천룡과 부옥령은 각자 한 척씩의 거선 밑창을 강기로 뚫어버렸다.

이어서 두 사람은 물속을 빠르게 쏘아가며 다음 거선으로 향했다.

두 사람이 거선 밑창에 뚫어놓은 머리통 크기의 구멍으로 강물이 콸콸 쏟아져 들어갔다.

거선이 워낙 커서 가라앉기까지는 시간이 걸릴 테지만 일단 침몰하면 다시 사용하지 못할 것이다.

그런데 이동하는 중에 부옥령의 다급한 전음이 들렸다.

[주인님! 오른쪽 아래 감(坎) 방향을 보세요! 감시자예요!]

'감시자'라는 말에 진천룡은 재빨리 그 방향을 내려다보았다.

이곳은 수심이 오 장쯤 되는 곳인데 강바닥에 사람이 있었다. 포구 바닥에서 시커먼 물개 가죽옷을 입은 자 두 명이 고개를 쳐들고 진천룡과 부옥룡을 올려다보고 있었다.

대단하다. 천군성은 침입자가 거선들을 침몰시킬 것에 대비하여 포구 바닥 물속까지 감시자들을 배치한 것이다.

감시자들이 진천룡과 부옥령을 먼저 발견했다. 진천룡과 부옥령이 맨 처음 거선 밑창에 구멍을 내고 다음 배로 이동하는 모습을 아래에서 위를 올려다보고 있다가 발견한 것이다.

진천룡과 부옥령이 감시자를 발견했을 때 그들 중 한 명은 이쪽을 향해 짤막한 대롱을 뻗었고, 다른 한 명은 비슷한 크기의 대롱을 쥔 손을 머리 위로 뻗었다.

큐웅!

물속인데도 뭔가 발사되는 음향이 들렸다.

한 줄기는 진천룡과 부옥령 쪽으로 쏘아오고, 또 한 줄기는 수면을 향해 쏘아 오르고 있다.

부옥령은 아래를 향해 오른손을 뻗어 공력을 발출했다.

슈웅!

한 줄기 강기가 뻗어 나가다가 두 줄기로 갈라져 감시자들이 발출한 것들을 적중시켰다.

파팍!

자신들 쪽으로 쏘아오는 것은 무력화시켰지만 위를 향해 쏘아 오르던 것은 적중됐는데도 방향을 바꿔 비스듬히 수면 밖으로 빠져나갔다.

부옥령은 아차! 싶었다. 수면 밖으로 튀어 나간 것이 발광폭열(發光爆熱)이라는 것을 깨달았기 때문이다.

발광폭열은 어두운 밤에 사용하는 것으로 밤하늘 높은 곳에서 폭발하여 침입자가 있음을 알리는 수단으로 사용된다.

수십 리 밖에서도 선명하게 보이기 때문에 발광폭열이 터지면 터지자마자 이곳에 천군고수들이 새카맣게 몰려들 것이다.

무슨 일이 있어도 발광폭열이 폭발하기 전에 막아야만 한다.

파앗!

부옥령은 앞뒤 가릴 것 없이 수면을 향해 전속력으로 쏘아 올랐다.

팟!

그녀가 수면 밖으로 솟구치자 손가락 세 개 길이의 대롱 하나가 꽁지에서 불을 뿜으며 밤하늘로 치솟고 있는 것이 보였다.

발광폭열은 허공 삼십여 장 높이에서 폭발하는 것으로 알고 있는데 이미 이십여 장 높이까지 솟구쳐 있었다.

'늦은 것인가?'

부옥령은 빠른 속도로 쏘아 오르는 발광폭열을 향해 급히 손을 뻗었다.

팍!

그런데 그녀가 강기를 발출하려는 순간 솟구치던 발광폭열이 무언가에 적중되어 두 동강 나고 말았다.

부옥령이 의아한 얼굴로 재빨리 주위를 두리번거리는데 소정원의 전음이 들렸다.

[내가 할 테니까 물러나라!]

'정원…….'

부옥령은 소정원이 배 밑창을 자신이 뚫겠다는 것으로 알아들었는데 대체 어쩌려는 것인지는 알지 못했다.

부우웅—!

그때 포구의 한쪽에서 푸른 빛줄기가 강을 향해 번뜩이면서 뿜어졌다.

"……!"

수면 위 이 장쯤 떠 있는 부옥령의 눈에 푸른 빛줄기가 강으로 쏘아오는 것이 보였다.

푸른 빛줄기 즉, 청광을 뿜어낸 소정원은 포구의 물가에 서서 두 손바닥을 앞으로 뻗고 있으며, 그녀의 쌍장에서 청광이 줄기줄기 뿜어지고 있었다.

푸하악!

청광은 수면을 뚫고 물속으로 내리꽂혔다.

부옥령은 소정원에게 급히 전음으로 소리쳤다.

[뭘 하는 것이냐?]

그러나 소정원은 대답하지 않고 자신이 할 일에만 열중하고 있었다.

쿠우웃!

부옥령은 청광이 물속에서 여러 갈래로 갈라지는 것을 내려다보았다.

시커먼 물속에서 새파란 청광이 여러 갈래로 갈라져서 쏘아가는 광경은 가히 장관이었다.

[뭐냐?]

그때 진천룡도 수면 위로 솟구쳐서 급히 부옥령에게 물었다.

[정원이에요.]

부옥령은 소정원을 가리켰다.

진천룡이 소정원을 쳐다보는 순간, 요란한 폭음이 온 사방에서 터졌다.

퍼퍼퍼퍼퍽!

콰콰콰콰쾅!

포구 전역에서 요란한 폭음이 터져 나왔다.

그리고 포구 곳곳에서 물기둥이 여러 개가 밤하늘로 높이 치솟았다.

부옥령이 급히 소정원에게 물었다.

[무슨 짓이냐?]

손을 거둔 소정원이 대답했다.

[포구의 거선들을 침몰시키려고 밑창을 부수던 것 아냐?]

“…….”

[한 척도 빠짐없이 밑창을 다 부쉈으니까 최대한 빨리 여길 벗어나는 게 좋을 거야!]

쉬이잇!

부옥령이 뭐라고 대답하기도 전에 소정원과 종초홍이 진천룡에게 쏜살같이 쏘아왔다.

[주인님! 가요!]

부옥령에게서 오 장쯤 떨어진 허공에 떠 있던 진천룡에게 소정원과 종초홍이 날아와서 그의 양팔을 잡고 둥실 밤하늘로 떠올랐다.

진천룡 등은 포구현에서 십여 리쯤 장강 하류에 있는 사가점(謝家店)이라는 마을로 내려왔다. 마을은 그리 크지 않은 포구였다.

작은 포구지만 이곳에도 거선 일곱 척이 정박해 있다는 보고를 받았기에 침몰시키려고 온 것이다.

이곳 사가점은 아까 포구현과는 달리 천군성의 영향력이 전혀 미치지 않았다.

이 근방에서 장강 북쪽의 포구현이 가장 크기 때문에 천군성은 그곳에만 집중적으로 주둔해 있는 것이다.

포구현의 거선 삼십여 척은 천군성이 징발했다. 만약 포구현의 포구가 더 컸다면 더 많은 거선들을 징발했을 것이다.

사가점 포구는 사람 한 명 보이지 않고 초겨울의 쓸쓸한 삭풍만 불고 있었다.

진천룡의 양팔을 끼고 있는 소정원과 종초홍이 먼저 도착했고 간발의 차이로 부옥령이 내려섰다.

부옥령은 땅에 내려서자마자 소정원을 꾸짖었다.

"너 어쩌려고 그런 것이냐?"

소정원은 양팔을 벌리고 어깨를 으쓱했다.

"내가 뭘 잘못했냐?"

"그걸 말이라고 하는 것이냐?"

소정원은 정말 모르겠다는 듯 의아한 표정이다.

"원래 목적이 포구현의 거선들을 침몰시키는 것 아니었어?"

"그렇기는 하지만……."

"목적을 달성했으면 됐다. 그만해라."

진천룡이 손을 저으며 둘의 말다툼을 말렸다.

소정원은 진천룡이 손을 내젓느라 풀었던 팔을 얼른 가슴에 끌어안으며 애교스럽게 말했다.

"여기 거선들도 침몰시킬 거죠?"

"그래."

"천첩이 할까요?"

"소란스럽게 하지 마라."

"알았어요."

소정원이 포구에 정박한 거선들 쪽으로 걸어가자 진천룡과 종초홍이 뒤따르고, 부옥령도 뒤질세라 얼른 뒤쫓았다.

"하나씩 해라."

거선들이 띄엄띄엄 정박해 있었기 때문에 부옥령은 시어머니처럼 따라다니며 잔소리를 했다.

소정원은 양팔을 들면서 말했다.

"너, 안 바쁘냐?"

"그게 무슨 소리냐?"

"언제 일일이 한 척씩 침몰시키냐? 얼른 돌아가서 주인님하고 술 마셔야지."

소정원은 두 손바닥을 수면을 향해 쭉 뻗었다.

부우움!

아까 부옥령이 들었던 바로 그 기이한 음향이 소정원의 손바닥에서 터졌다.

투하악!

그녀의 쌍장에서 뿜어진 청광이 비스듬한 각도로 물속으로 파고들었다.

그 순간 소정원은 두 팔을 활짝 벌리면서 이리저리 어지럽게 휘둘렀다.

그러자 물속으로 파고들었던 청광이 정확하게 일곱 줄기로 쪼개지면서 양쪽으로 흩어졌다.

후우우…….

시커먼 물속에서 일곱 줄기 청광이 긴 꼬리의 빛 무리를 남기면서 쏜살같이 일곱 방향으로 쏘아가는 광경은 마치 일곱 마리 청룡이 꿈틀거리는 것처럼 장엄했다.

퍼퍼퍼퍽!

잠시 후에 포구 여기저기에서 둔탁한 음향이 여러 번 터져 나왔다.

진천룡은 물론이고 부옥령과 종초홍까지 감탄 어린 표정을 지었다.

"원아, 대단하구나!"

진천룡이 칭찬하자 소정원은 너무 좋아서 어깨를 들썩거리며 미소 지었다.

"별것 아니에요."

"어떻게 한 것이냐?"

소정원은 미소를 지으며 수줍은 듯 설명했다.

"우리 창파영은 대대로 물에 능숙한 소질을 이어받았어요. 방금 것은 청영수룡(淸影水龍)이라는 것인데 물의 강한 기운, 즉, 수정기(水精氣)를 끌어모아서 공력과 하나로 묶어 위력을 발휘하는 수법이에요."

진천룡은 고개를 끄떡였다.

"그래. 삼라만상에 정기가 있다는 말은 들었지만 물에도 있는 줄은 몰랐구나."

소정원은 수줍고도 행복한 표정을 지으며 진천룡의 팔짱을 끼며 말했다.

"다음은 어디죠?"

진천룡은 부옥령에게 물었다.

"어디냐?"

"십오 리쯤 하류인 동가영(東家營)이에요."

"거기가 끝이냐?"

소정원이 묻자 부옥령은 고개를 흔들었다.

"아니다. 통강집(通江集)이라는 곳이 거기에서 하류로 이십 리쯤 내려가면 있는데 그곳에 열다섯 척이 더 있다고 했다."

"알았어. 너는 그만 가라."

소정원이 뜬금없는 말에 부옥령은 어이없는 표정을 지었다.

"지금 그 말 나더러 한 거냐?"

"그럼 여기에 갈 사람이 너 말고 누가 있지?"

"네 이년 정말……."

부옥령은 참으려고 했지만 부아가 치미는 것을 어쩌지 못하고 소정원을 쏘아보았다.

"지금 나더러 이년이라고 했느냐?"

서로 자신이 사십 대이고 상대가 십 대라고 생각하는 소정원과 부옥령은 한 치도 물러서지 않았다.

"그렇다. 이년아, 새파랗게 어린 년이 어디에서 감히……."

소정원은 진천룡의 팔을 놓고 소매를 걷어붙였다.

"오냐. 너 오늘 한번 혼나봐라."

"기다렸던 바다. 네 이년, 껍데기를 벗겨주마."

진천룡이 웃으면서 손을 저었다.

"둘 다 그만해라."

소정원은 편을 들어달라는 듯 부옥령을 가리키며 칭얼거렸다.

"저년을 보내세요, 주인님……!"

"령아를 왜 보내려는 것이냐?"

소정원은 그걸 말이라고 하느냐는 듯한 표정을 지었다.

"천첩이 있는데 재가 무얼 하겠어요?"

"저 싹수없는 년이……."

웬만해선 화를 내지 않는 부옥령이지만 같은 여자끼리이고 더구나 진천룡 앞이라서 그런지 분을 참지 못했다.

소정원은 한술 더 떴다.

"사실 천첩이 지켜봤는데 저년이 하는 일은 거의 없었어요. 그런 건 천첩도 할 수 있어요."

부옥령은 너무 화가 난 나머지 입술이 파래지고 속눈썹이 파르르 떨렸다.

부옥령이 폭발하려는데 진천룡은 팔을 뻗어 그녀의 어깨를 감싸며 은연중에 만류하고 소정원에게 말했다.

"령아가 필요 없다면 나도 필요 없지 않겠느냐?"

소정원은 당황했다.

"아… 아니에요."

"령아가 가면 나도 가겠다."

소정원은 크게 당황하고 부옥령은 기분이 좋아져서 방그레 미소를 지었다.

진천룡은 온화하게 말했다.

"너희가 알아야 할 것이 있다."

부옥령은 움찔 놀랐다. 진천룡이 자신의 나이를 발설할 것이라고 예상했기 때문이다.

[주인님, 그러지 말아요.]

부옥령이 급히 전음을 했으나 진천룡을 막지 못했다.

"령아는 너희들 백 명하고도 바꾸지 않는다."

세 여자 모두 한 대 세게 얻어맞은 표정을 지었다.

부옥령은 감동하여 충격을, 종초홍과 소정원은 현실을 깨닫고 충격을 강하게 받아 한동안 아무 말도 하지 못했다.

진천룡의 팔에 어깨가 안겨 있는 부옥령은 눈물이 나려는 것을 참으며 그의 가슴에 깊이 안겼다.

종초홍과 소정원은 진천룡이 부옥령을 안고 등을 쓰다듬는 모습을 보며 깊은 패배감을 맛보았다.

구우우… 기우우…….

그때 포구 여기저기에서 괴이한 음향이 흘러나왔다.

진천룡 등이 쳐다보니 일곱 척의 거선들이 기우뚱하면서 서서히 가라앉기 시작했다.

진천룡은 드넓게 펼쳐진 장강을 물끄러미 응시했다.

장강의 하류는 강폭이 어마어마해서 마치 바다처럼 보였다.

"현재 팔괘주에 몇 명이나 있지?"

"사만오천이에요. 고수가 사만이천이고, 숙수와 인부가 삼천여 명이죠."

인원이 워낙 많기에 식사를 준비할 숙수가 필요했고, 장기전에 대비하여 고수들이 거주할 임시 가건물을 짓기 위해서 전문 인부도 필요한 것이다.

진천룡의 눈에는 어둠과 고요에 잠긴 팔괘주의 광경이 선명하게 보였다.

"천군성을 완벽하게 고립시켜야 한다."

모든 통로를 차단시켜서 팔괘주를 고립시킨다면 싸우지 않고도 승리할 수가 있다.

더구나 이곳은 영웅문과 검황천문의 앞마당이나 다름이 없는 강남땅이 아닌가.

* * *

다음 날 아침부터 팔괘주 샛강 건너 남쪽에 담이 세워지기 시작했다.

담은 팔괘주의 샛강이 시작되는 초혜협(草鞋峽)부터 강이 끝나는 오룡산(烏龍山)까지 이십여 리에 걸친 전 구역에 전격적으로 공사가 개시됐다.

팔괘주의 천군고수들이 남경에 진입하자면 샛강을 건너야 하는데 그것을 원천적으로 봉쇄하려는 영웅문의 의도다.

그냥 일반적인 벽이 아니라 두께 삼 장에 높이 십 장이며, 꼭대기가 바깥쪽으로 완만하게 굽고 칼날이 박혀 있어서 절정고수라고 해도 쉽게 넘을 수가 없는 구조였다.

팔괘주의 샛강 시작 지점인 초혜협은 풀로 만든 신발처럼 좁고 물살이 급해서 배를 띄우기는커녕 헤엄을 쳐서 건너려다간 물귀신이 되기 십상이다.

또한 샛강 남쪽인 남경 쪽 강변에는 막부산(幕府山), 탄매산(炭煤山), 오룡산 등 무려 여섯 개의 산들이 줄지어 늘어서 천연적인 벽 역할을 하고 있다.

그런데 거기에 인공적인 벽까지 쌓고 있으므로 이중의 벽인 셈이다.

영웅문에서는 벽 쌓는 인부들을 강제로 동원하지 않고 임금을 후하게 쳐주었기 때문에 남경 성내의 거의 모든 남자들이 벽을 쌓으려고 달려 나왔다.

수만 명의 인부들이 달라붙어서 담을 쌓자 불과 이틀 만에

다 끝나 버렸다.

이제 중간 크기 배 몇 척밖에 없는 팔괘주의 천군성은 오도 가도 못하는 신세가 되었다.

*　　　*　　　*

실내에는 진천룡을 비롯한 최측근과 검황천문의 대군사 명보운, 좌호법 심관웅, 총부주 겸포, 검천태제총령 하승우가 진지한 대화를 나누고 있다.

"팔괘주 남쪽 샛강 가에 십 장 높이의 담을 쌓은 것은 기발한 생각이었습니다."

총부주 겸포가 태사의에 앉아 있는 진천룡을 보면서 감탄을 터뜨렸다.

샛강 가에 담을 쌓는 것은 순전히 진천룡의 발상이었다. 배가 없는 천군성이 남경에 오지 못하게 하려면 어떻게 해야 할 것인지를 고심하다가 가장 단순한 방법이 떠올랐던 것이다.

그렇게 막상 삼 장 두께에 십 장 높이의 엄청난 담을 쌓고 보니까 생각했던 것보다 훨씬 더 대단한 방패막이 되어주었다.

초일류급 고수라고 해도 한 번 도약에 사오 장 정도가 고작이기 때문에 십 장 높이 담을 넘는 것은 어림도 없었다.

삼 장 두께의 벽돌담을 부수는 것도 수월하지가 않다. 설혹 어느 한 곳에 구멍을 뚫거나 허물어서 그곳으로 천군고수들이 스며든다고 해도 극소수일 뿐이다.

어찌어찌 몇 명씩 넘어오는 천군고수들은 영웅고수와 검황고수들이 이쪽에서 지키고 있다가 넘어오는 족족 죽이면 그만이다.

그런 견고한 담이 무려 이십여 리다. 팔괘주 길이보다 절반이나 더 길다.

심관웅은 고개를 끄떡이며 겸포의 말을 이었다.

"우리도 언젠가는 천군성이 공격할 것이라고 예상해서 여러 대비를 했었으나 팔괘주 샛강 남쪽에 담을 쌓는다는 생각은 해본 적이 없습니다."

단상의 태사의에 앉은 진천룡은 고개를 끄떡이고 나서 조용히 말했다.

"팔괘주를 고립시키는 일에 더 보탤 것은 없는가?"

심관웅 등과는 달리 명보운은 사흘 전에 부옥령에게 한 번 죽을 뻔한 후로는 매우 의기소침해 있었다.

부옥령은 명보운을 죽이려고 했는데 진천룡이 자비를 베풀어서 겨우 목숨을 연명한 명보운이었다.

명보운과 심관웅 등은 검황천문에 들어와서 자신들 눈으로 모든 상황들을 직접 살펴보았다.

그리고 태문주 동방장천이 자리보전한 채 똥오줌을 가리지 못하는 신세가 됐다는 것과, 장남이며 선문주인 동방무건이 진천룡에게 진심으로 칭신했음을 알게 되었다.

심관웅과 겸포, 하승우는 각자 검황고수들을 거느리고 있기 때문에 영웅문의 일원이 되는 일에 어느 정도 얼굴이 서지만 대군사의 신분인 명보운은 내세울 게 두뇌밖에 없다.

그런데 진천룡은 명보운의 목숨을 살려준 이후 지금까지 그에게 뭔가를 물어본 적이 없다.

방금 진천룡의 물음에 중인들은 침묵을 지켰다. 생각해 봐도 거선들을 모조리 침몰시키는 것과 샛강 남쪽에 담을 쌓는 것 말고는 딱히 보탤 일이 없기 때문이다.

단상에는 태사의에 앉은 진천룡과 오른쪽에 서 있는 부옥령이 있을 뿐이다.

훈용강과 현수란을 비롯하여 청랑, 은조, 종초홍, 소정원 등은 모두 단하 오른쪽에 일렬로 늘어서 있다.

그것만 봐도 진천룡이 부옥령을 얼마나 신임하는지 잘 알 수가 있을 것이다.

부옥령은 장내를 천천히 둘러보고 나서 진천룡에게 전음을 보냈다.

[더 보탤 것이 없는 것 같아요.]

진천룡은 손으로 턱을 괸 채 역시 전음으로 대답했다.

[너는 없느냐?]

진천룡은 팔괘주를 완전히 고립시키지 못했다고 생각했기에 중인들에게 묻는 것이다.

[없어요.]

비상한 두뇌의 소유자인 부옥령이 없다고 하면 없는 것이다.

그때, 진천룡은 명보운이 머뭇거리는 것을 발견했다.

"명보운, 할 말이 있느냐?"

명보운은 깜짝 놀라더니 마음을 가라앉히고 입을 열었다.

"제가 드리고 싶은 말씀은 방법이 아니라 팔괘주의 천군성이 도발할 가능성에 대한 것입니다."

진천룡은 고개를 끄떡였다.

"말하라."

배를 없애고 강가에 담까지 쌓았는데도 팔괘주의 천군성이 도발을 할 수 있다는 말에 진천룡만이 아니라 모두의 귀가 번쩍 뜨였다.

명보운은 진천룡에 의해서 살아난 지 사흘 만에 최초로 말문을 연 것이다.

"팔괘주에서 샛강의 폭이 좁은 곳을 메울 수도 있습니다."

"샛강을 메워?"

진천룡과 부옥령은 움찔했다. 듣고 보니까 전혀 허무맹랑한 말이 아니다.

"좁은 곳을 흙으로 메우면……."

"가보자."

명보운이 말하려는데 진천룡이 벌떡 일어섰다.

*　　　*　　　*

진천룡은 팔괘주와 남경 사이를 흐르는 초혜협부터 끝나는 오룡산까지 이십여 리를 한 시진에 걸쳐서 자세히 살펴보았다.

그 결과 샛강의 폭이 좁은 두 군데를 발견했다. 각각 십육 장과 십사 장쯤 되는 곳이다.

원래 샛강의 폭이 이십여 장인데 십육 장과 십사 장 폭이라면 많이 좁은 것이다.

진천룡은 대동한 명보운에게 물었다.

"너라면 어느 곳을 메우겠느냐?"

"탄매산 북쪽 기슭입니다."

그곳은 강폭이 십사 장으로 가장 좁긴 하지만 물살이 워낙 세기 때문에 흙으로 메우는 일이 결코 쉽지 않을 것이다.

진천룡과 부옥령은 거기보다는 더 하류 쪽에 있는 연자기(燕子磯)가 더 적절할 것이라고 짐작했었다.

"어째서 그렇게 생각하느냐?"

명보운은 즉답했다.

"남경으로 가려면 이쪽이 훨씬 가깝습니다."

이곳에서 남경까지는 불과 오 리가 안 되고, 검황천문까지는 십오 리일 뿐이다.

그런데 진천룡이 생각한 연자기는 이곳에서 십여 리쯤 더 하류에 있다.

"일단 싸움이 시작되면 십여 리 길은 매우 멉니다. 한 걸음이라도 더 가까운 것이 승리의 지름길입니다."

"물살이 급한 것은 어찌 해결하겠느냐?"

이번에는 부옥령이 물었다.

"저 거센 급류에 흙을 부으면 붓는 즉시 한꺼번에 다 쓸려 내려가지 않겠느냐? 그런 식이라면 어느 천년에 강을 메울 수 있겠느냐?"

명보운은 이번에도 즉답을 했다.

"흙이 아니라 돌을, 그것도 바위를 던져서 메우면 그리 어려운 일이 아닙니다."

"바위?"

진천룡과 부옥령은 뒤통수를 한 대 얻어맞은 듯한 표정을 지었다.

어째서 흙으로만 강을 메울 것이라고 생각했는지 모를 일이다. 명보운 말마따나 강물에 쓸려가지 않는 바위로 강을 메우면 간단한 일이다.

부옥령이 조급한 얼굴로 진천룡을 쳐다보았다.

[어쩌죠?]

느닷없이 생긴 문제이므로 진천룡이나 부옥령에게 해답이 있을 리가 없다.

진천룡은 명보운이 이 방법을 생각해 냈으므로 어쩌면 해답이 있을지 모른다고 희망을 걸었다.

"그것을 막을 방법이 있느냐?"

"있습니다."

진천룡과 부옥령은 기쁘기보다는 명보운이라는 자에게 감탄을 금치 못했다.

이놈은 어찌 된 게 막힘이 없다. 무얼 물어도 다 대답할 것 같았다.

"뭐냐?"

성질 급한 부옥령이 다그쳤다.

"샛강 입구에서 일 리쯤 상류에 똥섬이 있습니다."

"똥섬?"

웃기는 이름이다.

"원래 지명은 와분도(臥糞島)입니다."

"똥이 길게 누웠어?"

"실제로 그렇게 생겼습니다. 가보시죠."

*　　*　　*

이 각 후에 진천룡 등은 초혜협에서 삼백 장 상류의 작은 섬이 잘 보이는 강 언덕에 도착했다.

진천룡과 부옥령은 나란히 서서 와분도라는 섬을 보다가 절로 웃음이 나고 말았다.

"풋! 정말 닮았어요."

부옥령은 그렇게 말하면서 얼굴을 붉히며 한 손으로 진천룡의 팔을 잡았다.

이곳에는 진천룡과 부옥령, 그리고 명보운 세 명만 왔기 때문에 남의 시선을 의식할 필요가 없다.

그들이 바라보고 있는 장강의 남경 쪽 가까운 곳에는 하나의 섬이 길게 뻗어 있는데 그 모습이 흡사 똥을 길게 눈 것 같은 광경이다.

그것도 한 덩이가 아니라 여섯 개나 큼직하게 이어져 있는데 보는 이의 웃음을 자아내기에 충분했다.

"저게 어쨌다는 것이냐?"

진천룡이 묻자 그 순간 부옥령은 뭔가 번쩍하고 뇌리를 스치는 것이 있었다.

"아……!"

그녀가 뭔가 깨달은 것 같자 명보운은 아무 말도 하지 않고 그녀가 말하기를 기다렸다.

부옥령은 와분도를 가리키면서 눈을 빛냈다.

"저 섬을 부수자는 것이냐?"

명보운은 공손히 고개를 숙였다.

"그렇습니다."

그가 하는 언행으로 미루어 자신을 예쁘게 봐달라고 애쓰는 모습이 역력했다.

"저 섬을 부순다고? 아……!"

진천룡은 중얼거리다가 그제야 퍼뜩 어떤 생각이 떠올랐다.

와분도는 샛강의 입구를 가로막아서 장강의 물이 그곳으로 유입되는 것을 상당 부분 막고 있었다.

그러니까 와분도를 부수어 샛강으로의 물의 유입을 늘리면 천군성이 샛강을 막지 못할 것이라는 얘기다.

『붕정대연가(鵬程大戀歌)』 21권에 계속…